insel taschenbuch 4469

Aude Le Corff

Das zweite Leben des Monsieur Moustier

Aude Le Corff

Das zweite Leben des Monsieur Moustier

Roman

Übersetzt von Anne Braun

Insel Verlag

Die Originalausgabe erschien 2015 unter dem Titel
L'importun bei Stock, Paris.

Erste Auflage 2016
insel taschenbuch 4469
Deutsche Erstausgabe

Umschlag: Rothfos & Gabler, Hamburg
Satz: Satz-Offizin Hümmer GmbH, Waldbüttelbrunn
Druck: CPI – Ebner & Spiegel, Ulm
Printed in Germany
ISBN 978-3-458-36169-5

Das zweite Leben des Monsieur Moustier

Indem ihr starbt und nichts darüber sagtet,
habt ihr eines Tages, unverhofft,
einen großen Apfelbaum erblühen lassen,
mitten im Winter.

Jules Supervielle

1

Am Rande einer Hafenstadt, in einem Natursteinhaus mit Backsteinumrandungen an den Fenstern, lebte ein alter Mann, zurückgezogen von der Welt. An diesem Ort voller Erinnerungen wurde er geboren, und hier hatte er seine Tage auch beschließen wollen, doch dann machte ihm das Alter einen Strich durch die Rechnung. Als er anfing, die Eier auf dem Herd und sein Portemonnaie im Lebensmittelgeschäft zu vergessen, trafen seine Töchter eine Entscheidung, die in ihren Augen das Beste für ihn war. Sie brachten ihn in einem Heim für betreutes Wohnen unter, einem seelenlosen weißen Gebäude, in dem betagte Menschen dahinscheiden, einer nach dem anderen. Damit er sich nicht allzu verloren fühlen würde, hatten sie immerhin darauf geachtet, dass er in seinem Stadtviertel blieb. Das Altersheim lag nur fünfhundert Meter von seinem früheren Haus entfernt.

Damien und ich kauften sein Haus, kurz nachdem der alte Mann ausgezogen war. Wir erwarteten unser zweites Kind, und ich wollte unbedingt von Paris wegziehen. Ich hatte eine sehr idyllische Vorstellung vom Leben in der Provinz und war überzeugt, dass uns zum Glücklichsein nur ein heimeliges Kaminfeuer im Winter, im Sommer lange Abendessen im Garten und die Annehmlichkeiten eines Lebens am Meer fehlten.

Wir waren davon ausgegangen, dass eine Woche vor Ort reichen würde, um unser Traumhaus zu finden. Doch dann mussten wir feststellen, dass Anzeigentexte und Realität so weit auseinanderklafften, dass jeder Tag neue Enttäuschungen mit sich brachte. Wir entdeckten Mängel, die auf den Fotos nicht sichtbar oder in den Anzeigen nicht erwähnt worden waren: eine schlechte Lage, ein anderes Haus direkt vor dem Fenster, eine laute Straße. Das Haus des alten Herrn stand erst seit Kurzem zum Verkauf, es war unsere letzte Besichtigung, bevor wir nach Paris zurückfahren wollten.

Von der Straße aus sah ich als Erstes die Zeder im Garten, dann das Schieferdach mit dem hübschen Dachfenster am Frontgiebel. Eine dem Meer entflohene Möwe glitt über den riesigen Baum hinweg. Mein Puls ging mit einem Mal schneller, und ich konnte es kaum erwarten, das Haus auch von innen zu sehen. Zwei Frauen erwarteten uns: die Töchter des alten Herrn. Die Jüngere war freundlich und herzlich, während ihre ältere Schwester distanziert und verschlossen wirkte.

Der Eingangsbereich gefiel uns, ein gepflasterter Patio mit duftendem Jasmin und Klettergeranien, die von der Morgensonne angestrahlt wurden. Während wir uns unterhielten, erregte plötzlich ein aufgehängter Käfig unsere Aufmerksamkeit: In ihm rührte sich etwas. Hinter den Stäben entfaltete ein weißer Kakadu seine gelbe Haube zu einem Fächer. Mit einem näselnden Krächzen warf er uns ein Wort zu, das ich jedoch nicht verstand. Ich war entzückt wie ein Kind und rief etwas zurück, und der Vogel schien sich zu freuen, dass er meine Neugier geweckt hatte. Seine kleine Einlage entspannte die Atmosphäre spürbar.

Eine zweite Tür führte ins Haus. Das Wohnzimmer lag nach Norden und wollte so gar nicht zu dem freundlichen Eingangsbereich passen. Nachdem sich meine Augen an die Düsternis gewöhnt hatten, konnte ich einen Fernseher ausmachen, ein Sofa, eine Holzdecke mit Rissen, einige Bronzestatuen, zwei Holzscheite und einen einsamen Blasebalg neben dem Kamin. Der Geruch von kalter Asche lag in der Luft. Hinter den Gardinen fuhr, wie ein Schatten, ein Auto vorbei. Wir verweilten hier nicht lange.

Die Küche, rustikal und voller Bonsai-Bäumchen, ging nach Süden, zum Garten hin. Damiens Blick blieb an dem wuchtigen Barometer hängen, an der Wachstuchtischdecke mit den Jagdszenen und der Kaffeemühle aus Holz. Draußen war das Gras nicht gemäht worden, Kletterrosen rankten sich an den mit Efeu bewachsenen Mauern hinauf, und eine bestimmt hundertjährige Glyzinie verdeckte einen Teil der Fassade. Unter der Zeder stand ein unscheinbarer Schuppen voller Werkzeuge, Töpfe und Säcke mit Dünger. An einem Haken wartete ein abgewetzter Strohhut auf seinen Besitzer.

Die beiden Schwestern schienen ganz unterschiedliche Erinnerungen an ihre Kindheit zu haben. Die Nette, die uns von einem Zimmer ins andere führte, war ein sehr mitteilsamer Mensch. In ihrem alten Zimmer erzählte sie mir, dass sie sich trotz der eher schwierigen Beziehung zu ihrem Vater gern an ihre Kindheit erinnerte. Auf ihrem früheren Schreibtisch stand eine offene Reisetasche, an der Wand hingen Postkarten – Barcelona, die kleinen Felsbuchten von Piana auf Korsika – und es gab auch eine Staffelei ohne Bespannung. In einer Ecke des Regals saß eine Harlekin-Marionette, die melancholisch zum Schrank schaute.

Die ältere der beiden Schwestern blieb distanziert. Ihre Miene verfinsterte sich jedes Mal, wenn von ihrem Vater die Rede war. Sie war ausweichend, fast barsch, wenn ihre Schwester sie in die Unterhaltung mit einbeziehen wollte oder eine unserer Fragen über den Zustand des Dachs und des Heizkessels an sie weitergab.

Ich hörte den beiden aber kaum zu. Ihre familiären Unstimmigkeiten interessierten mich herzlich wenig, ich hatte ganz andere Dinge im Kopf. Wenn man ein Haus oder eine Wohnung kaufen will, kümmert man sich nicht um die Vergangenheit, die sich in den Räumen abgespielt hat – man achtet stattdessen auf die Größe der Räume, darauf, ob man die Decke abschleifen muss, ob es am Küchentisch hell genug ist. Der offene Kamin funktionierte. Der Speicher konnte ausgebaut werden. Das Haus war nicht perfekt, das Wohnzimmer zu düster, und es musste noch einiges getan werden, doch unsere Entscheidung fiel recht schnell. Hier würden unsere Kinder groß werden. Ich war so aufgeregt und überschwänglich, wie man es an der Schwelle zu einem neuen Leben voller Verheißungen nur sein kann.

2

Die beiden Schwestern waren erleichtert, dass die Sache so schnell über die Bühne gegangen war. Sie lebten am anderen Ende Frankreichs und wollten möglichst rasch zu ihren Familien zurück. Keine von ihnen schien sich allzu große Sorgen um ihren Vater zu machen, der nun allein in seinem Wohnheimzimmer saß. Sie nahmen die wertvolleren Bronzestatuen, einige Bilder und ihre persönlichen Gegenstände mit und bestellten dann einen Trödler, der das Haus leer räumen sollte. Der entrümpelte zwar die Wohnetagen, doch die alten Kommoden und Schränke aus dem Keller wollte er nicht haben. Sie waren voller Briefe und Bücher.

Ich wusste natürlich nicht, wie viel dieser Ort dem ehemaligen Besitzer bedeutete. Sein Großvater hatte das Haus vor einem Jahrhundert erbaut. In diesen alten Möbelstücken mit den klemmenden Schubladen und den windschiefen Türen steckte das Leben eines Mannes und auch das seiner Vorfahren.

Der Keller war ihr Refugium gewesen, diese dunklen Räume, in die durch die Rauten des Fensters nur wenig Licht fiel. Die Männer dieser Familie hatten ihr handwerkliches Wissen weitergegeben, und dazu gehörte Schlossern, Schustern, Schreinern und die Pflege ihrer Jagdutensilien. Werkzeuge, neueren Datums oder bereits ein Jahrhundert alt, lagen auf einer Werkbank mit Arbeitslampe. An den Wänden, von denen der Putz abbröckelte, hingen Schraubenzieher, Hämmer, Sägen, Gabelschlüssel und Rollgabelschlüssel fein säuberlich nebeneinander.

Elektrische Leitungen verliefen entlang der Decke und überkreuzten sich in einem Kuddelmuddel, sämtliche Winkel waren ausgenutzt und boten Platz für Arbeitshandschuhe, Nägel, Lederabfälle oder Holzreste, Polituren und Schutzbrillen. Außerdem gab es hier eine Uhr, die kurz nach unserem Einzug stehen blieb, einen Aschenbecher, ein kaputtes Radio und Schwarzweißfotos der Familie – unter anderem von einem Baby in einem altmodischen Strampelanzug.

Die Männer hatten dieselben Rituale gehabt. In ihrem Refugium, das vom Vater an den Sohn weitergegeben worden war, war wohl immer geraucht und geschraubt und gesägt worden, und es war, als hätte ein einzelner Mann hundert Jahre lang dasselbe Untergeschoss genutzt. Am Fuß der Stufen waren noch die Krallenspuren all der Hunde zu sehen, die in diesem Haus aufeinandergefolgt waren.

Nachdem sich der Trödler geweigert hatte, die Werkzeuge mitzunehmen, die Möbel ohne Wert und die alten Bücher aus dem Keller, haben sich die Schwestern nicht darum gerissen, sie zu entsorgen. Die Unterzeichnung des Kaufvertrags beim Notar fand einen Monat später statt, als mein Bauch schon deutlich sichtbar war. Gleich danach hatte Damien mit der Überwachung der Umbauarbeiten und seiner neuen Arbeitsstelle zu tun und drängte nicht darauf, dass sie den Trödel abholten. Die Hinterlassenschaften des alten Mannes faszinierten ihn, er wollte sie später auch benutzen, und in diesem Haufen von Büchern befanden sich sicher auch ein paar ganz gute: Es gab Romane für Erwachsene, aber auch Kinder- und Jugendbücher mit verblichenen Seiten, für unsere Kinder, später, wenn sie lesen könnten. Und eine ganze Reihe von Werken über den Zweiten Weltkrieg. In diesem Jahr des Gedenkens an die Befreiung waren die Medien voll damit, man konnte keinen Fernseher anmachen und keine Zeitung aufschlagen, ohne auf eine Dokumentation, einen Fernsehfilm oder ein Dossier über dieses Thema zu stoßen. Die früheren Besitzer hatten die deutsche Besatzung erlebt. Während der Luftalarme hatten sie sich vermutlich in diesen Keller geflüchtet. Die Nettere hatte mir erzählt, dass ihr Großvater bei Kriegsende gestorben war, als er noch hier wohnte. Ich fragte nicht nach und hatte den Eindruck, dass sie keine große Lust hatte, mir mehr darüber zu erzählen.

Erst später haben wir die Hakenkreuze entdeckt, unterschiedlich groß und unbeholfen in ein Fensterbrett eingeritzt, im ersten Stockwerk, in einem der Kinderzimmer. Und im Keller, hinter einer Reihe von Krimis, entdeckten wir mehrere Bücher über Hitler und die Gestapo. Damien überflog ein paar Seiten und sagte dann spöttisch, dass wir vielleicht unwissentlich den Zweitwohnsitz von Klaus Barbie gekauft hätten. Ich rang mir ein gequältes Lächeln ab. Wir würden diesen ganzen Krempel wegwerfen, sobald wir etwas Zeit hätten. Der Keller war groß, und uns blieb noch genügend Platz für unsere Kartons, die nach einem Umzug immer jahrelang herumstehen: mit dem Raclette-Grill, Lucies Heften aus dem Kindergarten und alten Schuhen, die man eines Tages eventuell wieder anziehen möchte und die doch nur verstauben.

Es war mir nicht möglich, bei den Umbauarbeiten dabei zu sein, doch ich hatte mit Damien zusammen alles ganz genau geplant. Den Durchbruch einiger Zwischenwände, damit sich der Sonnenschein ungestört ausbreiten kann, die große Fensterfront zum Garten hin, die neue Küche, der Ausbau des Speichers – das alles konnte ich vorläufig nur auf Fotos sehen. Weil der Geburtstermin schon zu dicht bevorstand, konnte ich nicht mehr reisen, ich verfolgte die Umbauarbeiten von Paris aus auf meinem Computer. Mir war einerseits etwas langweilig, andererseits genoss ich auch diese letzten ruhigen Tage, wohl wissend, dass unser Leben bald eine entscheidende Wendung nehmen und diese uns ganz schön viel Kraft kosten würde. Ein Roman von Jean-Paul Dubois ließ mich mitten im Pariser Sommer mit strahlend blauem Himmel in einen Schneesturm eintauchen, der so gut beschrieben war, dass ich die Kälte und die Schneegestöber auf der Haut zu spüren glaubte. Dann begann ich zu stricken und versuchte, mich daran zu erinnern, was meine Großmutter mir beigebracht hatte. Ich hatte noch nie etwas Schwierigeres als einen Schal zustande gebracht, und deshalb begann ich, ein langes blaues Band zu stricken, zu nichts nutze, das immer länger und länger wurde und sich dehnte wie die endlosen Tage, die mich noch von der Entbindung trennten.

Robin wurde zwei Wochen vor dem berechneten Entbindungstermin geboren. Ich lag noch im Krankenhaus, als Lucie einen für die Sommermonate ungewöhnlichen Husten bekam und mich deshalb nicht besuchen durfte. Diese Zeit war für sie voller Ängste und Sorgen. Für ihren kleinen Bruder interessierte sie sich kaum, doch sie konnte es nicht erwarten, *mich* wiederzusehen. Sie wollte sich davon überzeugen, ob ich auch keine dubiosen Nachwirkungen meines mysteriösen Zustands zurückbehalten hatte, der mich zuerst dick und schwerfällig gemacht und dann auch noch für mehrere Tage von zu Hause weggebracht hatte, in ein großes weißes Gebäude voller Kranker, Rollstühle und Ärzte mit Kitteln. Und sie wollte wissen, ob ich sie immer noch ein bisschen lieb hatte.

3

Der Herbst neigte sich seinem Ende zu, als wir unser neues Heim bezogen. Die ersten Monate in diesem Viertel, das so ruhig und friedlich und das Gegenteil der Pariser Hektik war, hatten für mich einen bittersüßen Geschmack. Alles, was uns bei unserem ersten Besuch so gut gefallen hatte, war erloschen: die Birken, die Blumen, die Süße des Frühlings, das Lächeln der Nachbarn, die auf der Schwelle ihrer Türen miteinander geplaudert hatten. Die Hortensien streckten ihre langen, spindeldürren Finger in einen bewölkten Himmel. Das Gras stand in Pfützen. In der feuchten Stille kam man sich auf den kalten, erstarrten Straßen wie in einer Geisterstadt vor.

Ich fragte mich, was mich gepackt hatte, als ich Paris aus einer Laune heraus den Rücken gekehrt hatte. Ein Bedürfnis nach Veränderung und nach mehr Platz mit diesem Baby, das bald geboren werden würde; die Lust, zu neuen Ufern aufzubrechen. Ich hoffte auch, damit die dumpfe Melancholie vertreiben zu können, die mich manchmal beschlich, und das Gefühl von Unwirklichkeit abzuschütteln, das mich die Welt mit ungläubigen Augen sehen ließ.

Wir bekamen einen Krippenplatz für Robin. Lucie geht in die Vorschule. Ich habe wieder etwas Luft und kann mich meinem neuen Roman widmen. Es ist mein vierter, wieder ein psychologischer Thriller, der sich hoffentlich besser verkaufen wird als die früheren. Ich bin nie über zweitausend Exemplare hinausgekommen oder habe mich über einen Nachdruck freuen dürfen. Doch ich gebe die Hoffnung nicht auf, die französische Camilla Läckberg zu werden, und deshalb schreibe ich weiter, weil ich sowieso nicht damit aufhören kann. Ein Kritiker aus Clermont-Ferrand hatte mich mit Frédéric Dard verglichen, und dieses Kompliment hilft mir, auch Momente des Zweifels durchzustehen.

Wie viele Schriftsteller könnte ich von meiner Kunst nicht leben. Damien kommt für unseren Lebensunterhalt auf und unterstützt meine bescheidene Karriere, und dadurch habe ich auch Zeit für die Kinder. Mir ist natürlich klar, dass ich kein Vorbild für Unabhängigkeit und Feminismus bin, doch dieses zweigleisige Leben sagt mir zu. Ich arbeite zu Hause, und wenn ich nicht gerade an meinem Manuskript schreibe, fühle ich mich in der neuen Gegend etwas einsam. Ich kenne noch nicht viele Leute und finde dieses ehemalige Arbeiterviertel eher trist. Frühere Konservenfabriken wurden in Tanzstudios und Künstlerateliers umgewandelt, doch ein schöner Anblick sind diese Blechkästen von außen nicht. Alte Häuser sind durch Gebäude ohne Charme ersetzt worden, Rentner, die nie aus ihrem Viertel herausgekommen sind, leben Tür an Tür mit wohlhabenderen Familien aus Paris. Zum Glück führen die mit Bäumen gesäumten Sträßchen in nur fünfzehn Gehminuten ins Stadtzentrum. Um nicht allzu träge zu werden, mache ich öfter mal einen Spaziergang in die Stadt, zu den Büchereien und Kinos, den Plätzen und ihren Brunnen, dem Theater, den Gebäuden aus Quadersteinen und dem Hafen. Ich freue mich über die Musikanten an den Straßenecken und die Bücherstände am Wegesrand.

Wenn ich in den Keller hinuntergehe, rechne ich immer halb damit, flüchtige Schatten zu sehen oder Mäuse hinter den Kartons zu hören. In diesem von der Welt isolierten Untergeschoss, das an eine Krypta erinnert, inmitten der Bücher und Werkzeuge des alten Mannes, frage ich mich manchmal, wie es ihm wohl geht. Ich weiß nichts über diese Gegenstände, die ihm gehört haben. Ich weiß nicht, wer dieses Regal gebaut oder das verstaubte Geschirr mit dem Blumenmuster gekauft hat, wer dieses alte Werkzeug benutzt hat, geschweige denn, wofür man es überhaupt benutzt, wer den kleinen Kinderkopf in das Stück Holz geschnitzt hat.

An manchen Tagen stelle ich mir den alten Mann im Halbdunkel sitzend vor oder leicht wie Luft; umgeben von seinen Vorfahren, die mich mit ihren Blicken taxieren, wohlwollend oder voller Entrüstung.

Hin und wieder fahren wir nach Paris, und Lucie will jedes Mal unser altes Haus wiedersehen, den Hof mit den Lorbeerbäumchen in Töpfen, den alten Aufzug mit den Holztäfelungen, den Glasmalereien und den Spiegeln, und die Concierge, die sie manchmal an sich drückte. Sie darf nicht mehr in ihr altes Zimmer hochgehen, das tut ihr weh, und sie sagt, dass es hier schöner war. Damals hatte sie ihre Eltern für sich allein. Heute muss sie auf ihre Spielsachen aufpassen, Babygeschrei ertragen, darauf warten, bis sie an der Reihe ist, mit der latenten Angst leben, dass unsere Liebe nur dem Neuankömmling gelten könnte und für sie nur Brosamen übrig bleiben. Seit Robins Geburt hat Lucie ein Revier zu verteidigen, Eltern, deren Aufmerksamkeit nicht mehr ihr allein gilt. Ihre Erinnerungen an unsere alte Wohnung sind dadurch nur noch mehr eingefärbt, und ihr Heimweh ist umso stärker.

 Doch je älter man wird, desto blasser wird die Erinnerung an die Stätte der frühen Kindheit, und bleiben werden nur flüchtige, kaum wahrnehmbare Spuren. Und bald wird Lucie die alten Fotos aus Paris ungläubig betrachten, sie wird ihr Zimmer vergessen haben, den Vornamen unserer Concierge, die sie so liebte, und diesen vertrauten Hof, den sie so oft überquerte, während sie mit den Tauben redete.

4

Mein vierter Roman spielt in Kyoto. Ich wurde in Japan geboren, verließ dieses Land noch als Kind und fühle mich doch immer noch mit ihm verbunden.

Eifersucht und Neid, Habgier, niederträchtige Rachegedanken und verrückte Anwandlungen sind die Triebfeder meiner Inspiration. Schon als Zehnjährige habe ich die Artikel über Lokalnachrichten aus *France-Soir* ausgeschnitten und in ein Heft eingeklebt. Alles begann mit dem kleinen Grégory, über den im Fernsehen so viel berichtet wurde, und ich löcherte meine Eltern mit Fragen, obwohl sie sich gewünscht hätten, ich würde mich für etwas anderes interessieren. Der Verdacht richtete sich bald schon gegen die Familie, zuerst den Onkel, dann die Mutter. Klammheimlich suchte ich in der Zeitung nach Details über den Mord, den Körper, der in der Vologne gefunden worden war, die Motive und die Fotos der Hauptbeteiligten. Später haben mich die Fälle Maddie oder der Duponts de Ligonnès genauso sehr fasziniert.

Die Motive, die dazu führen, dass jemand eine nicht wiedergutzumachende Tat begeht, interessieren mich ungemein, ein Vater, der nach einer Trennung seine Frau und seine Kinder tötet, die schwarze Witwe ganz ohne Gewissensbisse, der Schizophrene, der einen Passanten vor die Metro stößt, ein nach außen hin unauffälliger Mann, der zum Kannibalen wird und seine Freundin verspeist. Diese Menschen waren uns ähnlich, sie haben ein ganz normales Leben geführt und sich an Vorschriften gehalten, die Nachbarn beschreiben sie oft als freundlich und zuvorkommend – bis sie eines Tages jeden Bezug zur Realität verlieren. Niemand ist dagegen gefeit. Die Regeln und Erwartungen der Gesellschaft spielen schlagartig keine Rolle mehr. Diese Menschen werden zu Opfern von Instinkten, die man in normalen Zeiten unterdrücken kann, eine latente Psychose bricht sich Bahn, oder sie werden schlichtweg überwältigt von einem Schmerz, den nichts mehr zu lindern vermag und der sie dazu bringt, die Linie zu überschreiten.

Nachts träume ich von roten Ahornbäumen, vom unaufhörlichen Nieselregen auf den Tempeldächern, von Bambuswäldern, von einer schemenhaften Wohnung mit Schiebetüren, Futons auf dem nackten Boden, Trinkschalen und Brot auf niedrigen Tischen. Die Gesichter meiner Romanfiguren tauchen vor mir auf, Kentarô, der leichtfertige junge Mann, der sich weigert, das Kind eines anderen aufzuziehen, und Yoko, die junge Witwe, die aus Liebe zu ihm ihr eigenes Kind tötet. Sie ziehen zusammen, doch ihr Alltag färbt sich mit Bitterkeit. Yokos Schuld fließt in meinen Adern, wenn ich beschreibe, wie der tote Junge sie quält. Es gibt ihn nicht mehr und doch ist er überall. Der Vogel, der sich auf einen Ast vor dem Küchenfenster setzt, ist er. Der durchdringende, fast strenge Blick der Katze, die Ameiseninvasion, der kranke Kirschbaum, die Schauder, die ihr auch in der Sonne über den Rücken laufen – das alles ist ihr toter Sohn.

Inzwischen war März. Die ersten Osterglocken des Frühlings, die noch von dem alten Mann gepflanzt worden waren, begannen zu blühen. Ich war ganz in meinem neuen Roman gefangen, bei Tisch, im Kino, beim Einschlafen, er ließ mich nicht mehr los. Und kaum war ich morgens wach, konnte ich es nicht erwarten, zu meinen Romanfiguren zurückzukehren, zu ihren Ängsten, ihrem Wahnsinn, und nach Japan.

Und genau in dieser Phase ist der alte Mann zurückgekommen.

5

Beim ersten Mal saß ich an meinem Computer, neben mir eine dampfende Tasse Tee, Blätter mit Notizen und ein Stück Kuchen. Der alte Mann hatte nicht geklingelt, er schloss einfach die Tür auf, wischte seine feuchten Schuhe an der Fußmatte ab und ging dann mit schleppenden Schritten über den mit Jasminduft geschwängerten Patio. Gebeugt, eine Hand in der Tasche, in der anderen den Schlüssel, mit strengem Blick. Dann kam er ins Wohnzimmer und durchquerte es langsam, ohne mich eines Blickes zu würdigen.

Wir hatten uns nicht die Mühe gemacht, das Schloss auszutauschen, was ich nun bereute. Im ersten Moment war ich davon überzeugt, dass es sich um einen Nachbarn handelte, und ich war verblüfft über eine derartige Unverfrorenheit. Irritiert und mit zitteriger Stimme fragte ich ihn, wo er bitte schön hinwolle.

Erst da wandte er mir sein welkes Gesicht zu, seine kalten grauen Augen. Er musterte mich, als hätte *er* jedes Recht, mich zu fragen, was *ich* in seinem Haus zu suchen hätte. In herrischem Ton ließ er mich dann wissen, er sei der Eigentümer, Guy Moustier. Das war tatsächlich der Mädchenname der beiden Schwestern, wie ich mich erinnerte. Er befahl mir, augenblicklich sein Haus zu verlassen. Ich saß an meinem PC und sah ihn nur groß an, unfähig, mich von meinem Stuhl zu erheben. Seine selbstsichere Art und sein Alter lähmten mich. Stotternd versuchte ich ihm zu erklären, dass meine Familie und ich hier wohnten und dass es nicht mehr sein Haus sei. Dass wir es ordnungsgemäß gekauft hätten. Ich war sogar drauf und dran, ihm den Kaufvertrag zu zeigen.

Er wischte meine Argumente mit einer unwilligen Bewegung seiner faltigen Hand beiseite, ich kam mir richtig klein vor, doch da ich ganz offensichtlich nicht bereit war, das Feld zu räumen, beschloss er, mich zu ignorieren.

Zielgerichtet ging er in den Keller, um nachzusehen, ob ich nicht etwa seine Werkzeuge und seine Bücher weggeworfen hätte, danach ging er ohne ein Wort wieder von dannen.

Er wusste im Grunde ganz genau, dass er nicht mehr in seinem Zuhause war, aber mich anzuflehen, zu buckeln, zu betteln und an mein Mitleid zu appellieren – nein, lieber wäre er gestorben, in ihm brodelten Stolz und nur mühsam unterdrückter Zorn. Deshalb hat er sich einfach aufgedrängt. Das war ganz schön dreist, wenn ich es mir recht überlege, aber seltsamerweise hat es funktioniert.

Er kam für eine oder zwei Stunden vorbei, am Morgen oder am Nachmittag, wenn ich allein war. Er verschaffte sich Zutritt mit seinem Schlüssel, den man uns beim Kauf eigentlich hätte aushändigen müssen. Seine Töchter hatten uns ihre Schlüssel beim Notar übergeben, ich hatte nicht aufgepasst, hätte aber merken müssen, dass einer fehlte.

Dieser Mann faszinierte mich ebenso sehr wie die Berichte über Mordfälle in den Zeitungen, und deshalb konnte ich mich nicht dazu durchringen, seinen Besuchen ein Ende zu setzen. Diese Faszination war natürlich äußerst dubios, doch da war noch etwas, was mich davon abhielt, ihn aus dem Haus zu werfen. Alles an ihm erinnerte mich an meinen Großvater, seine wollene Baskenmütze, sein kariertes Hemd unter einer Strickweste mit Zopfmuster, seine abgewetzte Cordhose, seine buschigen grauen Augenbrauen, sein stählerner Blick, seine gelben Zähne, die kraftvollen Bewegungen seiner vom Alter versteiften Glieder.

Der Alte konnte nicht fern seines früheren Hauses wohnen, seiner Werkzeuge, seiner Gewohnheiten. Ich spürte, dass diese Stunden, in denen er sich in dem einzigen Universum aufhielt, das er jemals gekannt hatte, lebenswichtig für ihn waren, und wenn ich sie ihm verweigert hätte, wäre es wie ein Dolchstoß für ihn gewesen. Ich hätte natürlich das Schloss auswechseln lassen können, um meine Ruhe zu haben. Ich spielte zwar mit diesem Gedanken, konnte mich aber nicht dazu durchringen. Es kümmerte den Mann nicht, wann mir seine Besuche ins Konzept gepasst hätten, wann mir seine Anwesenheit recht gewesen wäre, so zurückhaltend er auch war. Er hatte es darauf angelegt, mich einzuschüchtern, damit ich ja nicht auf die Idee käme, ihm den Zutritt zum Haus zu verweigern. Ich ärgerte mich ein bisschen über meine Nachsicht, denn ich wagte nie, ihm zu sagen, er solle etwas später kommen, nicht, wenn ich gerade in mein Manuskript vertieft war. Aber ich rächte mich schnell auf meine Weise: Er inspirierte mich zu einer Figur und zur Rahmenhandlung meines fünften Romans.

Halten Sie sich von Schriftstellern fern – auch wenn sie Ihr Leben nichts angeht, werden sie es an sich reißen und später wildfremden Menschen zum Fraß vorwerfen. Schriftsteller sind wie Aasgeier. Aber zartbesaitete Aasgeier, die Gefahr laufen, von ihrer Beute verschlungen zu werden, wenn sie nicht aufpassen und Gefühle entwickeln.

 Zu den Umbauarbeiten, die wir im Haus vorgenommen hatten, sagte er anfangs nichts. Ich glaube, er war froh, seine Werkstatt im Keller fast unangetastet vorzufinden, und damit gab er sich fürs Erste zufrieden. Er ging seinen Beschäftigungen nach, kümmerte sich um den einzigen Bonsai, der noch in der Küche verblieben war, die anderen Bäumchen hatten seine Töchter mitgenommen. Er konnte lange davorstehen, unbeweglich, und die Blätter betrachten, eine unsichtbare Kommunikation schien stattzufinden, dann ging er um den Miniaturbaum herum und schnippelte mit der Schere ein bisschen hier, ein bisschen dort herum.

Manchmal schimpfte er vor sich hin, aber meist ging er, ohne mich eines Blickes zu würdigen, durchs Wohnzimmer und in sein Refugium. Er setzte sich an seine Werkbank, vergewisserte sich, ob ich seine Werkzeuge auch nicht verrückt hatte, und begann zu arbeiten. Ich saß derweil oben am Wohnzimmertisch und schrieb. Ich hatte kein Arbeitszimmer und liebte den Blick in den Garten, zwischen zwei Sätzen betrachtete ich gern die Bäume und beobachtete den Wechsel der Jahreszeiten durch die große Fensterfront, ich konnte mir schnell einen frischen Tee kochen, eine Kleinigkeit essen, spontan aus dem Haus gehen, wenn ich eine kleine Pause brauchte, am Meer entlangspazieren, in den Büchern in den Buchhandlungen schmökern, den Vögeln und Wolken nachblicken, wieder einen klaren Kopf bekommen, eventuelle Zweifel unter meinen Füßen zertreten.

Hin und wieder habe ich den Alten heimlich beobachtet. Leise schlich ich dann die Treppe hinunter und schaute ihm zu, wie er zum Beispiel einen Türgriff reparierte, alte Schuhe flickte oder Styropor zuschnitt. Manchmal rief er nach einem Hund, der aber nie kam.

Als er eines Morgens durchs Wohnzimmer ging, nahm ich allen Mut zusammen und fragte ihn, wo er inzwischen wohne.

»Hier«, antwortete er mit schneidender Stimme.

»Aber am Abend, da schlafen Sie doch woanders, oder?«

Sein Blick wurde kurz unsicher, dann beschrieb er einen weißen Kasten, sehr groß und baufällig, einen Garten mit gelb verfärbtem Gras und Friedhofsbäumen. Er fügte hinzu, das sei nur vorübergehend. Seine Töchter würden ihn bald dort wegholen, dann könne er wieder in seinem eigenen Haus wohnen. Bis zu seiner endgültigen Rückkehr toleriere er mich hier. Das sagte er richtig gönnerhaft, als würde er mir einen großen Gefallen erweisen.

Nachdem er weg war, besuchte ich meine Nachbarin von gegenüber, Marthe, die ihn natürlich kannte, unter dem Vorwand, mir Eier für ein Schokoladenfondant ausleihen zu wollen. Wir halfen uns hin und wieder aus. Zuerst klagte ich über den grauen Himmel und die häufigen Regenschauer. Dann fragte ich sie, was aus dem alten Mann geworden sei, der früher in unserem Haus gewohnt hatte. Sie bestätigte, dass er zwei Monate vor dem Verkauf des Hauses in ein betreutes Wohnheim umgezogen war. Er habe nicht mehr allein leben können, sagte sie, er vergaß, das Gas abzustellen, seine Medikamente zu nehmen, legte Bücher in den Kühlschrank und die Butter ins Bücherregal. Da keine seiner beiden Töchter ihn zu sich nehmen konnte, hätten sie ihn entmündigen lassen, und um das Zimmer im Altersheim bezahlen zu können, hätten sie beschlossen, das Haus zu verkaufen. Marthe beschrieb ihn als griesgrämigen Brummbär, sehr in sich gekehrt. Er schien einer dieser Einzelgänger zu sein, denen man möglichst aus dem Weg geht, weil sie einem Angst machen, selbst innerhalb der eigenen Familie, vor allem innerhalb der eigenen Familie.

Am nächsten Morgen, als er wieder einmal wort- und grußlos an mir vorbeistapfte, blieb er unvermittelt stehen. Er machte kehrt, ging zum Patio zurück, schaute an den Klettergeranien hoch und fragte mich in vorwurfsvollem Ton, wo Marco sei. Im ersten Moment wusste ich nicht, wen er meinte, und zuckte mit den Schultern. Dann begriff ich, wer Marco war. Ich sagte, eine seiner Töchter habe den Kakadu vermutlich adoptiert. Er verzog das Gesicht und setzte seinen Weg in den Keller fort.

6

Eben hatte ich sie noch im Treppenhaus lärmen gehört, dann fuhr das Auto weg. Damien brachte die Kinder in die Vorschule und in die Krippe. Das hatten wir so vereinbart: Ich kümmerte mich mittwochs um sie, wenn sie den ganzen Tag zu Hause waren, und am späten Nachmittag, während er für seine Versicherungsgesellschaft arbeitete, und schrieb dann nachts. Dafür schlief ich morgens aus. Im Halbschlaf hörte ich, wie sie aufstanden und sich fertig machten, und manchmal auch Lucies Gemecker, zum Beispiel, wenn wir vergessen hatten, die Frühstücksflocken nachzukaufen, die am Vortag ausgegangen waren. Sie war recht schwierig geworden, seit wir umgezogen waren.

Wenn Damien duschte, rauschten und blubberten in regelmäßigen Abständen die Leitungsrohre, die hinter der Wand unseres Schlafzimmers verliefen. Im Herbst trommelte der kalte Regen an das Fenster, und ich genoss es, liegen bleiben zu können. Wobei ich natürlich hoffte, dass Damien daran denken würde, den Kindern ihre Stiefel anzuziehen. Bei schönem Wetter war es so hell, dass ich nicht wieder einschlafen konnte und mir ein T-Shirt aufs Gesicht legte.

Wenn schließlich die Haustür zuschlug, war im ersten Moment alles wieder herrlich ruhig, dann hörte ich erneut die Vögel und den Wind. Draußen hetzten sich die Menschen ab, um in ihre Büros zu kommen, mussten sich Verkehrsstaus aussetzen oder ins Ausland fliegen. Sie mussten auf die Uhr schielen, immer mit diesem vertrauten Kloß im Magen, der auch mich nicht verschont hatte, als ich noch Angestellte gewesen war. Draußen setzte sich die Welt in Bewegung, während ich noch einmal einschlafen konnte. Erst zwei Stunden später wachte ich wieder auf, weniger müde und bereit, mich an mein aktuelles Manuskript zu setzen.

In letzter Zeit fiel es mir jedoch immer schwerer, noch einmal die Augen zu schließen, wenn die Familie weg war. Ich war allein im Haus. Ich lauschte auf Schritte im Erdgeschoss, ob sich Türen öffneten, ein Stuhl verrückt wurde. Wenn das Wohnzimmer leer war, fühlte er sich endlich wieder daheim. Er machte sich einen Kaffee und setzte sich in die Küche, um beim Trinken in den Garten hinauszublicken. In den ersten Tagen hatte ich gehofft, er würde irgendwann begreifen, dass er hier nichts zu suchen hatte, und seine Besuche einstellen. Doch er sah die Sache offenbar anders als ich. Seiner Meinung nach hatte *ich sein* Haus beschlagnahmt. Am Vortag hatte er mir eine Szene gemacht, weil seine Gartenschere nicht am üblichen Nagel hing, in dem Schuppen unter der Zeder. Damien hatte sie benutzt, um den wild wuchernden Efeu hie und da etwas zurückzustutzen, und sie anschließend neben der Spüle in der Küche liegen lassen. Ich reichte sie dem Alten mit einer Entschuldigung, und er rief mir in Erinnerung, dass es schließlich nicht mein Haus sei. Manche Leute wissen einfach nicht, was sich gehört, und machen sich ungeniert breit, brummte er vor sich hin.

Die Geräusche, die er an seinen diversen Werkbänken machte, klangen in meinen Ohren bald wie eine vertraute Melodie. Ich bin in Gedanken oft woanders. Wenn ich schreibe, bin ich blind und taub für meine Umgebung, ich ziehe mich in meine eigene

Welt zurück, in der ich nach Gutdünken schalten und walten kann. Hier ist alles erlaubt, meine Figuren morden, leiden, verstellen sich und planen alles Mögliche, während sich die Lichter des Tages und der Nacht ihren Gefühlen anpassen.

Als mein erster Roman veröffentlicht wurde, war ich noch jung und naiv – und auch frei, ich hatte keine Kinder. Ich war stolz und schrecklich aufgeregt. Nie wäre ich auf die Idee gekommen, wie sehr es mir unter die Haut gehen würde, exponiert zu sein, kritisiert oder ignoriert zu werden. Die guten Kritiken schmeichelten mir, doch die paar gedämpfteren Reaktionen machten mir zu schaffen. Ich nahm mir vor, ihnen nicht so viel Bedeutung beizumessen, doch ich erinnere mich, dass ich mich frustriert ins Bett verkroch und nicht einmal mehr wagte, in die Buchhandlung zu gehen und mir meinen Roman anzusehen. Erst nach einigen Tagen konnte ich alles abschütteln, die negativen Kommentare, die Zweifel, das lädierte Selbstwertgefühl.

Wenn ein Buch erst mal veröffentlicht ist, gehört es einem nicht mehr, wie Schriftsteller sagen. Dieser Meinung bin ich nicht. Paul Auster liest zum Beispiel keine Kritiken mehr. Klar, aber er ist Paul Auster, er kann es sich leisten. Mein friedliches Leben mit meiner Katze, meinen Büchern und meinen Kindern würde mir beinahe reichen, da müsste ich nicht mit Liebesentzug rechnen. Und doch brauche ich das Schreiben als Zuflucht, um eine Last erträglicher zu machen, die ich nicht beschreiben kann, und um ein Vakuum in meinem Inneren auszufüllen.

Ich merke, dass ich mich von Jahr zu Jahr weiterentwickle, entdecke die Schwachstellen meiner früheren Romane. Wenn ich meine alten Manuskripte sichte, die in den Schubladen vermodern und von Verlagen abgelehnt wurden, springt mir ins Gesicht, wie simpel sie sind. Der Ausgang ist vorhersehbar, man weiß schnell, wer der Mörder ist. Sie sind ohne Finesse geschrieben.

Demnächst wird mein vierter Roman erscheinen. Ich habe eine Illustration für das Cover gefunden, die Fotografie einer Straße in Kyoto nach Einbruch der Nacht: die Silhouette einer Frau im Schein einer Straßenlaterne, ein Kind sitzt auf einer Stufe, unweit eines blutrot blühenden Quittenbaums, halb von der Dunkelheit verschluckt. Lucie hat es gefallen. Sie kann noch nicht lesen, also beschränkt sich mein Roman für sie auf dieses Bild. Wenn das Cover schön ist, ist es ein gutes Buch – so einfach ist es. Sie ahnt nicht im Geringsten, welche Bosheit und Niedertracht sich hinter diesem Cover verbirgt.

Ich bin müde, wie nach jeder intensiven Schreibphase und dem anschließenden Überarbeiten, das dem Erscheinen eines Buchs vorangeht. Ich kann kaum noch klar sehen, als ich eine Widmung in die ersten Exemplare für Journalisten schreibe. Dass mir diese banalen Floskeln immer so schwerfallen, ärgert mich.

Alles entgleitet mir in diesem Moment. Eines Nachts träume ich von einer unter Wasser stehenden japanischen Wohnung, mit triefnassen Futons, und ich sehe das entsetzte Gesicht der ertrinkenden Yoko vor mir, ihr Kopf unter Wasser. Dann dieser schreckliche Zweifel: Ist es ihr Kopf oder meiner? Ich kann ihre Gesichtszüge nicht mehr deutlich erkennen, doch ihre Haare werden blond, und ich bekomme kaum noch Luft.

Mein eigenes Schluchzen weckt mich auf. Ich höre weiterhin fließendes Wasser, und mir wird klar, dass es hier bei uns sein muss.

Ich gehe dem Geräusch nach, das eindeutig aus dem Badezimmer der Kinder kommt. Licht schimmert unten durch den Türspalt.

Ich klopfe leise an, doch niemand reagiert. Ich drehe den Türknauf, vergebens, der Riegel ist vorgeschoben. Hektisch laufe ich ins Zimmer von Lucie und Robin, um nachzusehen, ob sie in ihren Betten sind. Die Kinder schlafen friedlich und das Wasser läuft nicht mehr, doch die abrupte Stille ist genauso unheimlich.

Ich klopfe erneut an die Tür, und diesmal reagiert Damien mit einem weinerlichen Laut. Gereizt frage ich, warum er sich um diese Zeit dort drin eingeschlossen hat. Mit erschöpfter Stimme antwortet er, er brauche ein Bad, um sich zu entspannen, er halte es nicht mehr aus, im Bett zu liegen und auf Schlaf zu warten, der sich nicht einstellt. Ich denke an sein blasses Gesicht und die Ringe unter seinen Augen, wenn er von der Arbeit kommt. Ich würde gern wissen, warum er so schlecht schläft. Seit wir uns kennen, hat er immer wie ein Murmeltier geschlafen. Er seufzt. Ich lege eine Hand an die Tür.

»Was hast du nur?«

»Geh schlafen, alles in Ordnung«, sagt er knapp, um seine Ruhe zu haben.

Ich lausche noch einen Moment, ratlos, höre das Plätschern, wenn er sich im warmen Wasser bewegt.

Im Garten schreit eine Eule.

Als ich wieder unter meiner Decke liege, muss ich plötzlich an den alten Mann denken, an seinen Schlüssel, den ich ihm gern abnehmen würde, an die bedrückende Atmosphäre, die mich jedes Mal umhüllt, wenn er ungefragt in unserem Haus auftaucht. Ich ärgere mich über meine Passivität, ich lege mir Worte zurecht, um ihm zu erklären, dass er nicht mehr kommen darf, dass ihm dieses Haus nicht mehr gehört, dass er es endlich begreifen muss. Ich hoffe, dass ich es über mich bringen werde, es ihm zu sagen. Vielleicht nicht morgen, aber in einigen Tagen, wenn ich wieder mehr Energie habe.

Ich liege lange mit offenen Augen da und starre ins Dunkel. Ich warte auf Damien. Doch irgendwann schlafe ich ein.

7

Ich zucke nicht mehr zusammen, wenn er hereinkommt. Ohne mich anzusehen, geht er in den Keller, um zu werkeln, oder er lehnt die Holzleiter an die Mauer mit den Rosenbüschen und klettert hinauf, bewaffnet mit seiner geliebten Gartenschere, eine Zigarette klebt an seiner Unterlippe. Kaum ist er da, verfällt er in seine alten Gewohnheiten, er tauscht seine Baskenmütze gegen den Strohhut aus. Dann gleicht er diesem alten Mann, den van Gogh gemalt hat, mit weißen Bartstoppeln, traurigen und etwas strengen grauen Augen, dem verlorenen Blick, der einen durchbohrt.

Als er einmal den Efeu im Garten zurückschneidet und dabei leise vor sich hin schimpft: »Ihr Mann kann auch gar nichts. So eine Pfuscherei! Das ist nichts Halbes und nichts Ganzes«, frage ich ihn, ob er schon immer hier gelebt hat.

»Nein, aber warum rede ich überhaupt mit Ihnen? Ich frage mich eher, wo Sie herkommen und warum Sie ausgerechnet hier bei mir wohnen müssen!«

»Ich wurde in Japan geboren.«

»Ach, das ist aber originell«, sagt er beeindruckt und beugt sich zu einer gelben Rose. Doch er hakt nicht nach. »Eine *Bellona*«, sagt er, »riechen Sie mal diesen zarten Duft, nicht so widerlich süßlich wie der dieser Omas, die die Luft im Gemeinschaftsraum verpesten.«

Ich stimme ihm zu, obwohl ich nichts darüber weiß. Er drückt seinen Zigarettenstummel aus, wirft ihn aber nicht wie Damien zwischen die Pflanzen, sondern platziert ihn vorsichtig am Tischrand.

»Es ist wirklich erbärmlich. Sie wollen in diesem Haus wohnen, doch abgesehen von Mauern einreißen, können Sie nicht viel. Sie haben keine Ahnung von Gartenarbeit. Sie werden alles verkümmern lassen. Wo haben Sie früher gewohnt?«

»In Paris.«

»Ah, das erklärt einiges.«

Ich würde zu gern wissen, wie der Garten in seiner Jugend aussah. Ich stelle ihm ein paar Fragen zu seiner Kindheit, doch er begnügt sich damit, zu nicken oder das Gesicht zu verziehen, wenn er meine Frage indiskret findet. Als ich ihm sage, dass ich seine Töchter kennengelernt habe, verhärten sich seine Züge und er schneidet weiter die vertrockneten Äste ab, lässt die Gartenschere aber heftiger zusammenklappen als nötig. Also erwähne ich seine Tiere und seine Pflanzen, und da wird er wieder etwas umgänglicher. Häufig bleibt er aber stumm, blickt einem Mauersegler am Himmel nach oder schnuppert an den Rosen. Er legt ganz offensichtlich keinen Wert auf meine Gesellschaft.

Doch sein Schweigen und das Aufflackern von Schmerz in seinen Augen wecken düstere Erinnerungen in mir: Sie versetzen mich zurück in eine Zeit der verbrannten Erde. Eine alte Verkrampfung aus Kindertagen schnürt mir den Magen zu, wenn er so schroff zu mir ist.

Manchmal kommen mir ganz komische Ideen. Wenn ich ihn aus dem Weg räumen würde, wie in einem meiner Romane, würde es niemand erfahren, und ich bräuchte seine plötzlichen Stimmungsumschwünge nicht mehr zu fürchten und könnte mich endlich wieder meinem Manuskript widmen.

Eine halbe Stunde später setzt er sich auf die Holzbank und raucht eine Zigarette. Er lässt die Schultern hängen, wirkt erschöpft, und als er mich ansieht, sagt er unvermittelt:

»Was für ein Mist.«

»Wovon sprechen Sie?«

»Von allem, meinem Leben, Ihren Umbauarbeiten, was aus diesem schönen Garten geworden ist.«

Dann richtet er sich auf und zeigt mir, wo früher Bäume gestanden hatten, die ich nicht gekannt habe. Hinten links gab es einen Kirschbaum, der um diese Jahreszeit immer in weißer Blütenpracht stand. Mitten im Garten wuchs ein Apfelbaum, der in dieser Jahreszeit ebenfalls blühte. Immer wenn sie aus den Sommerferien kamen, hatten seine Töchter ›Apfeldienst‹ und mussten unter Protest die Äpfel aufsammeln, die unter dem Baum schon anfingen zu verfaulen. Unten an der Steinmauer wuchsen Kiwis in Hülle und Fülle, aber irgendwann nahmen sie überhand.

Ich zeige ihm die Himbeersträucher, die noch aus seiner Zeit stammen, damit er sieht, dass nicht alles verschwunden ist; die Blätter, die im Herbst abgefallen sind, wachsen wieder nach. Um ihn etwas aufzuheitern, erzähle ich ihm, dass Robin, obwohl er noch so klein ist, Himbeeren liebt. Der Alte geht nicht darauf ein und erzählt weiter von seinen verschwundenen Bäumen. Der alte Riss in meinem Inneren macht sich wieder bemerkbar. Warum interessiert er sich nicht ebenso sehr für mich wie ich mich für ihn?

Wir schlendern zum Schuppen unter der Zeder weiter, und er beschreibt mir die prachtvolle Goldakazie mit ihren herrlich duftenden, leuchtend gelben Blüten und den üppigen, kugeligen Trauben. Seine Mutter hatte das Bäumchen von einer Reise aus Portugal mitgebracht. Doch mit der Zeit drückten die Wurzeln die Gartenmauer hoch, der Nachbar beschwerte sich und Guy musste es ausgraben. Es sei sehr mühsam gewesen, sagt er, den Strauch zu entwurzeln, die Wurzeln hafteten fest in der Erde. Man hört ihm an, wie schwer es ihm gefallen ist, sich von diesem Strauch zu trennen.

Als der Alte von der vergangenen Pracht schwärmt, kommt mir der Garten in seinem jetzigen Zustand plötzlich leer und eintönig vor. Nur die Kletterpflanzen an der Fassade und entlang der Mauern sind noch da. Diese Bäume, die lange vor meiner Ankunft entfernt worden waren, fehlen mir. Seit der Winter vorbei ist, setze ich mich gern im Park auf eine Bank und betrachte die Magnolien mit ihren großen, auffälligen weißen Blüten und den rosa Kastanienbaum, während die Sonne langsam mein Gesicht erwärmt. Erinnerungen an Japan überfluten mich. Im Frühling brauche ich Blumen.

Der Alte führt mich wieder zum Haus zurück, zu der Stelle, wo früher Kiwis wuchsen, und zeigt mir die Überbleibsel einer alten Voliere, in der er Buchfinken und Kanarienvögel hielt. Seine Töchter fütterten sie täglich. Ihr Gesang war im ganzen Garten zu hören. Sie hatten auch einen Spaniel und Katzen. In der Nähe des Kirschbaums gab es einen kleinen Gartenteich, in dem einige Fische schwammen, doch er ist inzwischen ausgetrocknet. Guy umgab sich gern mit Tieren. Ich vermute, dass er ihnen das bisschen Zuneigung gab, das er aufbringen konnte, sodass für seine Familie nichts übrig blieb.

Ich denke an die Nettere der beiden Schwestern, die sagte, ihr Vater sei ein schwieriger Mensch. Beide Schwestern zogen aus, noch bevor sie volljährig waren.

Ich will mir kein Beispiel nehmen an seiner Kälte und Reserviertheit, und wenn ich nicht schreibe, plaudere ich mit ihm, übers Wetter, über die Lokalnachrichten aus der Zeitung, erzähle von einem Film, den ich mit Damien im Kino gesehen habe. Er reagiert nur selten. Unbeirrt fährt er damit fort, eine Türangel zu ölen. Ich bin für ihn nur ein schwarzer Fleck in seinem Blickfeld.

Ich höre es nicht immer, wenn er geht, er verabschiedet sich nicht, aber wenn ich irgendwann von meinem Computer aufblicke, ist er nicht mehr da.

In der darauffolgenden Woche bewölkt sich der Himmel abrupt und ein sintflutartiger Regen vertreibt ihn aus dem Garten. Da er unbedingt noch die Gartenschere an ihren Nagel im Schuppen hängen wollte, ist seine Strickweste tropfnass, als er ins Haus kommt. Ich sitze auf dem Wohnzimmersofa und lese gerade ein Buch von José Cabanis. Der Geruch von feuchter Wolle dringt mir in die Nase, er setzt sich in einen Sessel und betrachtet den ausgestopften Fuchs. Wir haben ihn spottbillig gekauft, bei einem Tierpräparator in unserem Stadtviertel, der in den Ruhestand gegangen ist. Niemand hat sein Geschäft übernommen. Lucie blieb immer gern vor seinem Schaufenster stehen, um die leblosen Tiere zu bestaunen, die aussahen, als würden sie gleich einen Satz machen oder davonfliegen. Der Fuchs weckt in Guy wehmütige Erinnerungen.

Sein Vater ist jeden Sonntag, bei Wind und Wetter, zur Jagd gegangen, und Guy hat seine ganzen Utensilien aufbewahrt.

»Ich bin auch oft mit seiner Jagdtasche und seinem Gewehr losgezogen, meine Töchter wollten lieber zu Hause bleiben. Ich glaube, sie waren ganz froh, wenn ich ging.«

»Das kenne ich. Wenn *mein* Vater beruflich unterwegs war, konnten wir endlich wieder durchatmen.«

Augenblicklich bereue ich meine Taktlosigkeit und erröte.

Wieder macht sich Schweigen zwischen uns breit. Dann übermannt ihn plötzlich ein Hustenanfall, er krümmt sich, es ist ein Husten, der von tief unten kommt und ihm Tränen in die Augen treibt.

»Ziehen Sie Ihre Weste aus, sonst erkälten Sie sich noch.«

Er schüttelt den Kopf.

»Geht schon, ich hab Schlimmeres überlebt.« Er zögert, als wolle er noch etwas hinzufügen, und schnäuzt sich dann, um sein Unbehagen zu überspielen. »Ich werde ein Feuer machen.«

»Aber gern.«

Er rollt die Zeitung vom Vortag zusammen, legt sie in den Kamin und deckt sie mit kleinen Holzscheiten zu. Dann zündet er sie mit seinem Feuerzeug an, und sehr schnell züngelt eine kleine Flamme. Er legt ein dickeres Scheit dazu, pustet ins Feuer, bleibt am Kamin. Eine sanfte Wärme umhüllt uns, das Prasseln und der tanzende Lichtschein lassen uns die dunklen Wolken über der Stadt vergessen.

Schließlich fragt er:

»Ihr Vater, war er häufig unterwegs?«

»Manchmal ja, er musste Fabriken im Ausland besuchen.«

»Wie war Ihr Verhältnis zu ihm? Gut?«

Ich weiß nicht, was ich sagen soll. Ich seufze.

»Es war kompliziert. Ich würde sagen, dass wir zusammenlebten, ohne uns wirklich nahe zu sein, in unserer Familie ging es mehr zurückhaltend als zärtlich zu.«

Meine Worte scheinen ihn zu berühren, er sieht mir – vielleicht zum ersten Mal – in die Augen und fragt nach dem Warum. Meine Hände auf dem Buch verkrampfen sich und ich zögere. Ein Teil von mir sträubt sich, doch der Regen, der an die Fenster trommelt, seine plötzliche Fürsorglichkeit, das beruhigende Feuer und die Gemütlichkeit des Sofas verleiten mich dazu, ihm mein Herz auszuschütten.

8

Ich weiche seinem Blick aus, als ich anfange zu erzählen. Wie seine Töchter verließ auch ich mit siebzehn mein Elternhaus und zog in eine kleine Studiowohnung. Ich brauchte einen Schutzraum. Mein Vater war ein cholerischer Mensch mit tausend Ängsten, der wegen jeder Kleinigkeit aufbrauste. Dabei hatte er ein gutes Herz und Humor, doch eine lieblose, strenge Kindheit hatte sein Selbstbewusstsein untergraben und ihn eines Teils seiner Seele beraubt. Er ertränkte seine Ängste im Alkohol. Und manchmal verlor er die Kontrolle. Als Kind machten mir seine Wutanfälle Angst, er schlug mich nicht, doch seine Worte waren gewalttätig genug. Wenn ich zur Zielscheibe seines Zorns wurde, erinnerte mich sein roter Kopf an einen Drachen. Wie ein gehetztes Tier versteckte ich mich dann in der Abstellkammer, hinter den Reisetaschen. Ganz hinten gab es einen Kleiderschrank, ich kauerte unter den Mänteln, unter dem Pelzmantel fühlte ich mich besonders sicher, mein Herz hämmerte, ich hörte meinen Vater an meinem Versteck vorbeistapfen, und in diesen Momenten hielt ich ihn zu allem fähig, doch er fand mich nicht. Auf diese Weise konnte ich in der Pariser Wohnung, in der ich aufwuchs, so gut es ging, vor seinen Wutanfällen flüchten. Wenn er sich wieder beruhigt hatte, tat es ihm leid, er gab mir Geld, scherzte mit mir, ließ mich in Ruhe lesen, und dann fühlte ich mich immer ganz wohl.

Vor Paris hatten wir in Japan gewohnt. Meine frühe Kindheit. Mein Vater sagt noch heute, es sei die schönste Zeit seines Lebens gewesen. Kurz nach ihrer Hochzeit kehrten meine Eltern

Frankreich den Rücken, doch nach einigen Jahren bekam meine Mutter Heimweh. Sie ließen ihre Freunde und Bekannten zurück sowie eine Hütte am Strand, die wir an den Wochenenden immer benutzen durften. Die Schiebetüren aus Holz führten aufs Meer hinaus, wir schliefen auf Futons und hörten das Rauschen der Wellen und den Wind in den Bäumen. Die blühenden Kirschbäume und meinen roten Kimono ließen wir zurück.

In Japan hatte mein Vater einen verantwortungsvollen Posten und ein Ansehen, die er in Frankreich nicht mehr erlangen würde. Er war technischer Leiter seiner Firma, und darauf war er sehr stolz. Er schwenkte gern seine Visitenkarte mit der Berufsbezeichnung »Direktor«, was uns anderen immer etwas peinlich war.

Nach seiner Rückkehr aus Japan waren Geschäftsreisen seine größte Freude. Mehrmals im Jahr wurde er nach Asien oder Südamerika geschickt, um Fabriken zu inspizieren, und er genoss es, neue Menschen kennenzulernen, in schönen Hotels zu wohnen, in der Business Class zu fliegen, unbekannte Gegenden zu sehen und in ein anderes Klima zu wechseln. Kaum war er aus dem Haus, konnten wir wieder durchatmen, unser Magen entkrampfte sich. Zurück in Paris, schrieb mein Vater von Hand in Schönschrift seine Berichte, die von seiner Sekretärin abgetippt wurden. Dieser Ausgleich tat ihm gut, auch wenn er unter seinem unaufhörlichen Redefluss und der an Mythomanie grenzenden Selbstbeweihräucherung ein fragiler Mensch blieb.

Kurz vor seinem Ruhestand wurde ihm seine Sekretärin weggenommen, und das hat ihn schwer getroffen. Er war plötzlich wie blockiert: Dieser begnadete Ingenieur schaffte es nicht, Word zu begreifen, das Seitenlayout, das Speichern der Dateien. Der Computer, den er nur mit äußerstem Widerwillen einschaltete, schien alle Ängste zu verkörpern, die sich seit seiner Kindheit in ihm angestaut hatten. Der PC war die schwarze Bestie, ein Albtraum, der ihn Tag und Nacht verfolgte. Eines Abends, als ich bei ihm vorbeischaute, schlug ich ihm vor, vielleicht mal einen Informatikkurs zu belegen, doch seine Reaktion fiel anders aus als erwartet. Er saß auf seinem Bett, den Kopf zwischen den Händen, drehte sich dann zu mir und schluchzte voller Verzweiflung:

»Es lohnt sich nicht, ich werde es nie begreifen.«

Ich hatte ihn seit dem Tod seiner Schwester einige Jahre zuvor noch nie so einsam und verloren erlebt; in der Küche weinte er bittere Alkoholtränen. Dieses Bild sollte mich noch lange verfolgen. Warum hatte man ihm nach so vielen Jahren plötzlich seine Sekretärin genommen? Sollte er auf diese Weise aus der Firma gedrängt werden, falls sich seine Depressionen verschlimmerten?

Er versuchte durchzuhalten, doch man legte ihm alle nur erdenklichen Steine in den Weg. Irgendwann hatte er keine Kraft mehr und ging in den Vorruhestand. Er, der der Firma alles geopfert hatte und immer so stolz darauf gewesen war, für sie zu arbeiten – ich weiß nicht einmal, ob die Kollegen mit ihm seinen Ausstand feierten. Von diesem Tag an verschanzte er sich in seinem Zimmer. Er zog sich in seine innere Festung zurück, ein düsteres Verlies, in dem er nun vermutlich voller Bedauern über sein Leben nachgrübelt, und er hat kaum noch Kontakt zur Außenwelt. Während viele andere ihn mit seiner Depression alleingelassen hätten, übernahm meine Mutter tapfer die Rolle der Krankenschwester.

Das Holzscheit knistert im Kamin. Ich fühle mich nicht in der Lage weiterzureden. Ich bereue bereits, mich überhaupt so weit geöffnet zu haben, diesem Mann gegenüber, der bisher nie auch nur ein Fünkchen Interesse für mich gezeigt hatte. Guy schweigt. Er sieht mich nicht mehr an. Er denkt nach, doch worüber? Ich erwarte ja nicht, dass er mir den Arm um die Schultern legt, aber er könnte doch höflicherweise etwas Nettes sagen, mir eine Frage stellen, statt sich hinter diesem verletzenden Schweigen zu verschanzen. Was hatte ich mir vorgestellt? Was soll er mit meiner Vergangenheit anfangen, ich bin der Eindringling in seinem Haus, die Fremde, die seine Wände durchbrochen hat und seine Rosenbüsche verkümmern ließ.

Ich fühle mich wie jemand, der etwas Wertvolles verschenkt hat und keine Gegenleistung dafür bekommt. Barsch frage ich:

»Und Sie? Wie war es mit Ihrem Vater? Hatten Sie ein gutes Verhältnis zu ihm? Und Ihre Töchter, warum diese Entfremdung?«

Ich spreche absichtlich ein heikles Thema an, ich provoziere ihn, um ihn zu zwingen, mit mir zu reden, obwohl ich im Grunde weiß, dass ihn meine Aggressivität nur verärgern kann. Ich verzeihe ihm diese permanente Distanz zwischen uns nicht mehr, seine Gleichgültigkeit, seine Selbstgefälligkeit – jetzt hat er mir gegenüber eine Bringschuld.

Er wendet den Kopf ab, krümmt den Rücken, und in seinem Blick liegt eine große Traurigkeit. Seinem Körper sieht man mehr denn je die Last des Alters an. Er zieht die Schultern hoch, und als er sie wieder fallen lässt, bricht etwas in ihm zusammen.

9

Er hustet sich erneut fast die Lunge aus dem Leib, ich will ihm aus seiner feuchten Strickweste helfen, doch er wehrt meine Hand unwirsch ab.

»Der Krieg hat alles zerstört. Für Sie hat er natürlich keine Bedeutung«, fügt er mit schwächerer Stimme hinzu.

Ich setze mich wieder und schaue ihn an, ohne zu reagieren, leicht verärgert.

»Nein«, sage ich schließlich. Er hat recht. Für mich besteht der Krieg nur aus Schwarzweißfotos, die man bei Gedenkfeiern aus der Schublade holt.

»Der Krieg hat mir meinen Vater genommen, als ich noch klein war, deshalb kann ich Ihnen nichts von meiner Beziehung zu ihm erzählen. Ich habe ihn nicht lange genug gekannt.«

»Das tut mir leid.«

Ein leichtes Unbehagen beschleicht mich, und ich denke an die Hakenkreuze im Fensterbrett und an die Bücher im Keller.

Wir betrachten den Fuchs, um unsere Verlegenheit zu überspielen. Ich stelle mir vor, wie er die Schnauze hebt, die Vorderpfoten ausstreckt und diskret aus dem Wohnzimmer flieht, weg von der schweren Atmosphäre und dem Schmerz, den wir ausstrahlen. Ich warte. Jedes seiner Worte ist kostbar, ich wage nicht, ihn zu drängen, aus Angst, er könne sich wieder verschließen.

»Meine Töchter wissen nicht alles, ich konnte ihnen nie erzählen, was mit meinem Vater passiert ist.«

Er beugt sich noch weiter vor und murmelt:

»Wann immer ich daran denke, verdunkelt sich alles in meinem Kopf.« Er erhebt sich mühsam. »Für viele ist es ein banaler Tod, ich meine, in Kriegszeiten. Ich dagegen habe mich bis heute nicht davon erholt.«

»Ich glaube nicht, dass ich es banal fände.«

In seinen Augen kann ich seine ganze schreckliche Kindheit ablesen. Seine Strickweste ist so schwer, dass man meinen könnte, er schleppe eine Leiche mit sich herum. Mit Mühe richtet er sich wieder auf.

»Meine Mutter hat nie darüber gesprochen, wenn wir Kinder in der Nähe waren, es gab diese Befangenheit, Themen, die totgeschwiegen wurden.«

Er verstummt und nimmt seine Baskenmütze vom Haken. Ich versuche, ihn zurückzuhalten:

»Unten im Keller sind Bücher über diesen Krieg und über … die Gestapo.«

Er erstarrt einen Augenblick lang, dann antwortet er mit verkrampfter Stimme:

»Ich weiß nicht, warum ich sie aufbewahrt habe, ich wollte sie schon oft verbrennen, aber irgendwie gehören sie zu den wenigen Dingen, die mich noch mit ihm verbinden.«

Mit verschlossener Miene geht er aus dem Haus und lässt mich mit meinen Fragen allein.

In einer Stunde muss ich die Kinder abholen. Mir bleibt nur noch wenig Zeit zum Schreiben. Doch es geht nicht. Meine Neugier ist geweckt. Ich gehe in den Keller.

Das Tageslicht dringt nur gefiltert zum Kellerfenster herein und die beiden Räume sind so niedrig, dass ich den Kopf einziehen muss. Mein Atem geht flach, ich habe Angst vor Mäusen. Alles ist ruhig. Ich gehe nach hinten, zu den Büchern. Ich mache das Licht an, eine nackte Glühbirne verbreitet nur schwaches Licht. Ich öffne den Schrank, die Tür klemmt leicht und knarrt, bevor sie mir ihre ersten Geheimnisse enthüllt. Staubige Bücher, Seite an Seite mit alten Zeitschriften.

Ich finde sie auf Anhieb. Ganz hinten, an eine Reihe alter Bände von Charles Exbrayat gelehnt, stehen Bücher über den Zweiten Weltkrieg, darunter vier über die Geschichte der Gestapo, mit identischen Covern: ein schwarzes Hakenkreuz vor einem rotem Hintergrund, umrahmt von einem silbrigen Kreis aus sich wiederholenden Buchstaben – der Abkürzung SS.

Der Autor geht bis zu den Anfängen der Gestapo zurück, die im Jahre 1933 von Göring gegründet wurde, nachdem Hitler Reichskanzler geworden war. Ich halte mich nicht lange mit den Fakten auf, die ich bereits kenne, sehr viel mehr interessiert mich der Charakter dieser Menschen: ehemalige Soldaten des ersten großen Krieges, denen es nicht gelang, sich wieder ans zivile Leben zu gewöhnen. Hitler entwickelt seine paranoiden Theorien: Die Juden müssten eliminiert werden, da sie für die große Wirtschaftskrise verantwortlich seien und insgeheim gegen die arische Rasse arbeiten würden. Hitler will wieder ein starkes Deutschland aufbauen. Er ist ein guter Redner, kann seine Gesprächspartner und Zuhörer hypnotisieren. Ihm zur Seite steht Göring, ein sehr gefährlicher Mann, über den ein Psychiater schrieb, er hätte ein hysterisches Naturell und sei seelisch extrem unausgeglichen. Seiner Familie und seinen engsten Vertrauten gegenüber sei er sehr liebevoll, allen anderen Menschen gegenüber jedoch absolut gefühllos. Wenig später gewinnt Himmler das Vertrauen des Führers und wird zum Reichsführer SS und zum Chef der deutschen Polizei ernannt, er ist der Hauptverantwortliche bei der Durchführung der ›Endlösung‹. Er besitzt ein großartiges Organisationstalent und (definitiv!) keinerlei moralische Skrupel. Er organisiert die Festnahmen, die Transporte in die Konzentrationslager, auch in den Ländern, die von der deutschen Armee besetzt worden sind, und die Ermordung der Deportierten.

Auf dem Fenstersims von Lucies Zimmer im ersten Stock sind die mit einem Messer eingeritzten Hakenkreuze noch zu erkennen. Sie wirken unbeholfen. Wir haben sie jeden Abend gesehen, wenn wir die Fensterläden geschlossen haben, und sie deshalb schließlich abgedeckt.

Hier nun, in diesem düsteren Keller, versuche ich, meine Gedanken zu ordnen. Guy war damals noch ein Kind. Die Geschichte dieses Hauses geht mich nichts an. Doch das Unbehagen bleibt. Mich überkommt auf einmal eine große Lust, hier wieder auszuziehen, all diese Dinge hinter mir zu lassen, die Zweifel und den alten Mann, diese Vergangenheit, die nicht die meine ist. Dann verwerfe ich die Idee wieder. Zum Wegziehen haben wir weder die Zeit noch die Kraft, und Damien würde mir ins Gesicht lachen. Wer kümmert sich schon um solche Dinge, wenn er ein Haus oder eine Wohnung kauft? Wissen *Sie*, ob in Ihren eigenen vier Wänden nicht vielleicht mal ein Mörder oder ein Kinderschänder gewohnt haben? Wäre doch möglich. Aber wenn man sein ganzes Geld in eine Immobilie gesteckt hat, denkt man nicht an ihre vergangenen Bewohner, man füllt die Räume mit neuer Energie und will nicht wissen, was für Dinge sich zuvor in ihnen abgespielt und sie geprägt haben.

In der darauffolgenden Nacht träume ich nicht mehr von Japan, sondern von Hakenkreuzen, und plötzlich werde ich von durchdringendem Geschrei geweckt. Ich weiß sofort, woher es kommt. Schlaftrunken wanke ich in Robins Zimmer. Seit einiger Zeit wird er ein- oder zweimal pro Woche von nächtlichen Albträumen geplagt. Ich habe mit dem Kinderarzt darüber gesprochen und ihm erzählt, wie hilflos wir uns fühlen, wenn Robin so aufgelöst und schreiend aufwacht. Ich nehme ihn auf den Arm, er hat die Augen auf, doch er sieht mich nicht an, er starrt auf einen Punkt hinter mir und brüllt aus Leibeskräften. Er verweigert den Schnuller, will nicht gestreichelt werden und reagiert nicht auf beruhigende Worte, er ist wie in einer anderen Welt gefangen. Es ist ein schreckliches Gefühl für uns, dass wir für ihn quasi nicht mehr existieren. Ich wollte wissen, ob es die ersten Anzeichen für eine neurodegenerative Erkrankung sind, und meine Hypothesen als besorgte Mutter reichten von einer seelischen Störung bis zu Gehirntumor.

»Diese Anfälle dauern etwa eine halbe Stunde«, habe ich dem Arzt erklärt, »und das ist eine Ewigkeit, wenn sich das Kind einfach nicht beruhigen lässt. Erst dann nimmt er uns wahr, aber sehr langsam, nach und nach.«

Der Kinderarzt fragte nur, ob Robin eventuell Fieber gehabt hätte, er wirkte nicht sonderlich besorgt. Seiner Meinung nach käme so etwas häufiger vor und wäre nichts Schlimmes, es würde sich mit der Zeit wieder legen.

Ich konnte mir ein erschöpftes Lächeln nicht verkneifen. Und was war mit Damien, der mitten in der Nacht ein Bad nahm, und dem früheren Besitzer, der tagsüber vorbeikam, als wäre es immer noch sein Haus – würde sich das mit der Zeit auch legen?

10

Am nächsten Tag lässt er sich nicht blicken. Ich genieße meine Ruhe, muss aber doch etliche Male an ihn denken. Was er wohl gerade in seinem Zimmer im Altersheim macht? Was sieht er, wenn er zum Fenster hinausschaut – Wolken, Bäume, ein hässliches Gebäude oder ein Haus, das seinem ähnelt? Hat er Blumen auf seinem Balkon?

Als ich ihm von meinem Vater erzählt habe, hat er sehr aufmerksam zugehört. Doch dass er anschließend nichts dazu gesagt hat, fand ich ärgerlich. Mich ärgert auch meine Unsicherheit, die der Grund ist, warum ich manchmal so impulsiv bin und Dinge sage, die heftiger rüberkommen, als sie gemeint sind. Doch in solchen Situationen weiß ich nicht, wie ich sonst meinem Ärger Luft machen kann. Hätte ich als Kind mehr Wärme und Zärtlichkeit erfahren und dadurch ein stabileres Selbstwertgefühl entwickelt, würde ich nicht schon das kleinste Schweigen als Gleichgültigkeit deuten, dann wäre ich weniger verletzlich und könnte diese Stärke auch meinen Kindern vermitteln und ihnen ihre Ängste nehmen. Wir wären eine Familie, in der es nur Lachen, Vertrauen und Zärtlichkeit gäbe. Doch eines hätte ich dann vermutlich nicht: diesen unbändigen und unerschöpflichen Drang zum Schreiben.

In der Vergangenheit herumzuwühlen ruft weitere Erinnerungen wach. An unsere Wohnung in Tokio. Ich war sechs, als wir sie verließen, um nach Paris zurückzukehren. Ich erinnere mich an mein kleines Bett aus lackiertem Holz, an die Puppe, die ich zur Entrüstung der Passanten an den Haaren durch die

Straßen schleifte, an den Schirm, den ich eines Morgens, als meine Eltern noch schliefen, mit der Schere verstümmelte, an den riesigen Plüschpanda, vor dem sie mich gern fotografierten und an dessen weißen Bauch gekuschelt ich richtig winzig aussah.

Nach unserer Rückkehr aus Japan begann meine Mutter im Krankenhaus zu arbeiten. Eine eher lieblose junge Portugiesin passte mittwochs und an manchen Abenden auf uns auf – sie wolle später niemals Kinder haben, sagte sie einmal, und ich hoffe, dass es nicht unsere Schuld war. Während sie im Wohnzimmer bügelte, durfte ich mir im Fernsehen *Dallas* anschauen. Ich las auch viel in meinem Zimmer: Judy Blume, Andersens Märchen, *Fantômette* – eine damals sehr beliebte Supergirl-Reihe – und Roald Dahl. Mein Bruder blätterte Tenniszeitschriften durch und machte seine Hausaufgaben.

Unser Apple IIC brachte uns auf andere Gedanken, es war die Zeit der Floppy-Disks und der Joysticks mit dem kleinen Hebel. Ich erinnere mich an unser liebstes Adventure-Videospiel. Wir besichtigten die Kabinen eines gestrandeten Schiffs, ich weiß nicht mehr, welche Aufgaben es dort zu lösen gab. Die Gegenstände, die wir dafür brauchten, fanden wir in den Schränken, es war oft eine zeitraubende Suche, doch das Lustigste waren die Reaktionen des Computers, wenn man ihn in dem Schreibfeld beleidigte. Wollte man ihn für dumm verkaufen, statt ihn zu bitten, eine bestimmte Schublade zu öffnen, erschien ein grünes Monster auf dem Bildschirm und befahl in drohendem Ton, sofort damit aufzuhören. Das Monster sah aus wie Hulk und war so programmiert, dass es auf die gängigen Beleidigungen reagierte. Natürlich machten wir kichernd weiter, doch dann kam eine Nachricht: »Ich hatte euch gewarnt«, gefolgt von einem Geräusch, als würde eine Sicherung durchbrennen, und der Bildschirm wurde schwarz. Das gegen ungezogene Kinder allergische Monster startete den Computer neu, und wir mussten in dem Spiel wieder bei null anfangen.

Im Sommer gingen wir oft ins Ferienlager. Meine Großeltern väterlicherseits wohnten zwar auch in Paris, doch sie luden uns nur selten ein. Sie hatten ihre eigenen Interessen und waren ständig bei Bridgeturnieren. Und da meine andere Großmutter in Blois lebte, hatten meine Eltern niemanden, der sie mal abgelöst hätte.

Ich erinnere mich an einen Nachmittag, an dem meine Mutter keine andere Wahl hatte und uns zu ihren Schwiegereltern bringen musste. Sie hatten ein Haus im XV. Arrondissement, und ich war fasziniert von den beiden Sammlungen meines Großvaters: Science-Fiction-Bücher, die die Regale seines Arbeitszimmers zierten, und Schmetterlinge, die aufgespießt in Glaskästen an den Wänden hingen. Es gab sie in vielen Farben und sie waren hübsch anzusehen, aber etwas traurig waren sie schon, all diese toten Schmetterlinge. Er zeigte mir sein Englischheft. Seit er im Ruhestand war, besuchte er einen Sprachkurs und hatte den größten Spaß daran, die Übersetzungen von französischen Redewendungen aufzuschreiben. Es amüsierte ihn, dass sie im Französischen oft mit ganz anderen Wörtern ausgedrückt wurden. Langsam blätterte er die Seiten um, die er in Schönschrift beschrieben hatte, und ich spürte, wie viel Zeit er dafür verwandt hatte und wie viel Freude es ihm gemacht hatte. Nach seinem Tod wollte ich dieses Heft unbedingt behalten, zur Erinnerung an den kostbaren, einmaligen Moment, in dem wir etwas zusammen gemacht hatten.

It's like water off a duck's back to me: Das lässt mich völlig kalt.
You can't teach an old dog new tricks: Was Hänschen nicht lernt, lernt Hans nimmermehr.
Like a bull in a china shop: Wie ein Elefant im Porzellanladen.

Nachdem ich mit meinem Großvater zusammen sein Englischheft durchgeschaut und meiner Großmutter geholfen hatte, die Katzen des Viertels zu füttern, die sie zu sich ans Küchenfenster gerufen hatte, wurden wir aufgefordert, nach oben zu gehen und dort auf die Rückkehr unserer Mutter zu warten. Mit uns Monopoly oder sonst etwas zu spielen wäre meinen Großeltern niemals in den Sinn gekommen. Also gingen wir nach oben ins frühere Zimmer unseres Vaters, in dem es muffig und nach Mottenkugeln und all dem roch, was für mich für immer den Geruch nach ›alt‹ ausmachen sollte. Wir setzten uns brav auf die Federkernmatratze und achteten darauf, ja nicht die Tagesdecke zu zerknittern.

Alles war ruhig. Unten auf der Straße fuhren Autos vorbei, ich konnte sie sehen, wenn ich die Vorhänge ein bisschen zur Seite schob. Auf dem Schreibtisch lag ein uraltes Micky-Maus-Heft, das wir bereits an Weihnachten gelesen hatten. Aus lauter Langeweile haben wir es beide nochmal durchgeblättert. Was hätten wir sonst tun sollen? Wir wussten, dass wir ganz leise sein mussten, weil unser Großvater sonst böse geworden wäre. Aus Angst, dass der Holzfußboden knarren könnte, wagten wir kaum, ein paar Schritte zu machen.

Geblieben ist die Erinnerung an endlos langes Warten. Die

Sonne schien ins Zimmer, und ich betrachtete die feinen Staubpartikel, die in der Luft schwebten. Mein Bruder und ich waren auch zwei etwas größere Partikel, die nur darauf warteten, dass die Minuten vergingen, um wieder zum normalen Leben zurückkehren zu können. Dann endlich hat meine Mutter geläutet. Wir waren erlöst!

11

Mein Vater erzählt mit Vorliebe vom Leben seiner bretonischen Vorfahren – Seefahrer, die durch die Welt reisten, Händler, Austernzüchter, Lehrer. Wenn er erst einmal in Fahrt ist, völlig unempfindlich für die Langeweile, die uns lähmt, geht er zurück bis zu Alexander dem Großen oder Anne von Bretagne, die von 1491 bis 1498 Königin von Frankreich war, und die er in seinem Überschwang manchmal sogar als seine »Verwandte« bezeichnet. Wir können uns dem kaum entziehen. Mit seinen wortreichen Vorträgen kann er für kurze Zeit seine innere Unruhe vertreiben, doch seine Selbstsicherheit ist nur gespielt und macht seine Vergangenheit nicht ungeschehen.

Guy hat seinen Töchtern nicht alles von seinem Vater erzählt. Ich habe sogar den Eindruck, dass er ihnen so gut wie nichts verraten hat. Ich weiß noch, wie eilig sie es hatten, in ihr Leben ohne ihn zurückzukehren, fern von ihm, nachdem sie ihn in einem Wohnheim abgeliefert hatten – einem Ort, an dem einer nach dem anderen stirbt.

Drei volle Tage lang taucht Guy nicht auf. Als er an einem Freitagnachmittag mit seinem Schlüssel die Tür aufschließt, laufe ich ihm entgegen, um ihn zu begrüßen.

»Ah, Sie sind immer noch da«, mault er, während er seinen Strohhut vom Haken nimmt.

Ich hüte mich, ihm zu verraten, dass Damien ihn sich angeeignet hat. Dann will er in den Garten gehen, doch so leicht kommt er mir nicht davon.

»Warten Sie, Sie sind das letzte Mal etwas überstürzt gegangen. Ich habe das Recht zu wissen, was in diesem Haus vor sich gegangen ist. Es gibt nicht nur diese Bücher. Da sind auch die Hakenkreuze oben im ersten Stock, wer hat sie eingeritzt?«

Ich versuche, ganz ruhig zu bleiben, kann das Zittern in meiner Stimme aber nur schwer unterdrücken.

Seine Arme sinken herab. Dann geht er zum Sofa und lässt sich schwerfällig fallen. Ich bleibe vor ihm stehen, etwas verlegen. Er hebt den Kopf und sieht mich an, und ich lese in seinen Augen Enttäuschung und Entrüstung.

»Die Bücher über die Geschichte der Gestapo? Haben Sie den dritten Band gelesen?«

»Nein, ich habe nur den ersten überflogen, ich habe keine große Lust, mich mit dieser Sache zu beschäftigen, im Großen und Ganzen weiß ich Bescheid.«

Er lacht höhnisch und schmerzlich.

»Im Großen und Ganzen«, wiederholt er, als müsse er sich die Absurdität dieser Worte auf der Zunge zergehen lassen.

Eine schreckliche Müdigkeit scheint von ihm Besitz zu ergreifen, nur für ein paar Sekunden, dann hebt er drohend den Zeigefinger.

»Ich finde Ihren misstrauischen Ton unerträglich. Was bilden Sie sich eigentlich ein? Gehen Sie einen Schritt weiter, in Gottes Namen, wenn Sie es verstehen wollen!«, donnert er und schlägt sich mit der Faust auf den Oberschenkel.

Sein zorniger Blick lässt mich erstarren.

»Sie haben sich in Ihrem behaglichen kleinen Leben eingerichtet, Sie haben nie etwas Schlimmes erlebt, nie gelitten. Sie können einer Sache nicht auf den Grund gehen. Und *Sie* schreiben Romane? Dass ich nicht lache! Was haben Sie denn schon zu erzählen?«

Er erhebt sich abrupt, schiebt mich zur Seite und stapft in den Keller. Wenig später taucht er wieder auf, mit einem anderen Buch, geschrieben von einer Frau, Jeanne Héon-Canonne, mit dem Titel: *Den Tod vor Augen*. Er legt es auf den Tisch und schlägt es auf einer bestimmten Seite auf.

»Falls es nicht zu schwierig für Sie ist«, faucht er.

Ich spüre seine Erregung und achte darauf, ihm nicht zu nahe zu treten.

»Erzählen Sie es mir, das ist einfacher.«

Er schüttelt den Kopf.

»Es ist kompliziert, war es schon immer. Ich kann Ihnen nur eines sagen: Mein Vater war kein Kollaborateur, er war Widerstandskämpfer.«

Ich bekomme vor Überraschung den Mund nicht mehr zu.

»Er gehörte zum Netzwerk von Cohors-Asturies, gegründet von Jean Cavaillès. Klar, diese Namen werden Ihnen nichts sagen. Kurzum: Die Aktionen dieses Netzwerks wurden von London aus von Général de Gaulle geleitet. Mein Vater ist nach und nach immer größere Risiken eingegangen, er hat bei Sabotageakten auf Eisenbahngleise mitgemacht und einmal sogar ein Elektrizitätswerk in die Luft gejagt. Ziel war es, die Deutschen bis zur sehnsüchtig erwarteten Invasion der Alliierten mit allen möglichen Mitteln zu schwächen.«

»Was war er von Beruf?«

»Schreiner.«

Er fängt meinen verblüfften Blick auf.

»Ich weiß, es klingt verrückt, wenn man heute darüber nachdenkt. Männer und Frauen, die bislang ein ganz normales Leben geführt hatten, Lehrer, Zahnärzte, Ingenieure, Bauern sind zu Spionen geworden, zu Saboteuren, haben mit gefälschten Papieren gehandelt, mit Waffen und Sprengstoffen. Das Land war erschöpft, verzweifelt, die Widerstandskämpfer waren zu allem bereit, um die Besatzungsmacht loszuwerden. Die Massenhinrichtungen, die Razzien, die Entbehrungen – die Menschen konnten nicht mehr, es dauerte bereits Jahre an. Eines Abends habe ich gehört, wie mein Vater zu meiner Mutter sagte, er sei aufgeflogen. Ich wusste nicht, was das bedeutet, ich habe gedacht, nur Vögel flögen auf, doch meine Eltern waren in heller Aufregung.«

Er schluckte.

»Als er verhaftet wurde, war ich zehn. Die Gestapo hat ihn abgeholt und ins Gefängnis von Angers gebracht. Diese Nacht … ich habe sie nie vergessen. Wir haben wochenlang auf seine Rückkehr gewartet, ohne zu wissen, wie es ihm geht. Ich habe viel gebetet, damit er zurückkommen würde. Wir hatten schreckliche Angst um ihn. Doch nach nicht einmal einem Monat ist er hingerichtet worden.«

Der Alte macht eine Pause und beugt sich vor, um den Fuchs zu streicheln.

»Erst später, als ich diese Bücher las, Zeugenaussagen sammelte, erfuhr ich alles. Und ich glaube, das war das Schmerzlichste für mich, nicht sein Tod, sondern die Umstände.«

Seine Stimme versagt. Er zeigt auf das aufgeschlagene Buch auf dem Tisch.

»Diese Frau hat es ebenfalls durchgemacht, sie auch. Ich war noch klein, als sie ihn abgeholt haben, ich konnte mir nicht mal vorstellen, dass es so etwas gibt, ich habe es erst später begriffen, als ich diese Sätze hier gelesen habe, immer und immer wieder, bis mir die Augen wehtaten und ich fast den Verstand verloren habe … und meine Familie habe ich auch verloren.«

Er setzt sich die Baskenmütze auf, geht zur Tür und schlägt sie hinter sich zu.

Ich kann sehen, welche Seiten am häufigsten gelesen wurden, in diesem dritten Band über die Geschichte der Gestapo, ich verweile bei den mit Bleistift umrahmten Absätzen, und endlich begreife ich. Mein Magen zieht sich zusammen. Ich schäme mich meiner verletzenden Andeutungen.

Ich erfahre zahlreiche Details über die Verhaftungen von Widerstandskämpfern und die Befragungen unter Folter. Es ist kaum zu ertragen. Die Gestapo im deutschen Gefängnis von Angers war bekannt für »ihre abscheulichen Praktiken, zusammengefasst unter dem Begriff *Badewanne*« – was heute wohl als Waterboarding bezeichnet werden würde. Elektroschocks, langes Untertauchen, Ausreißen von Zähnen ohne Betäubung, Zerquetschen der Finger – um die Gefangenen zum Reden zu bringen, griff die Gestapo zu Methoden, von denen eine barbarischer war als die andere. Im Mittelteil des Buches befindet sich ein Foto der gefürchteten Badewanne, in der die Folterungen stattfanden. Der Badewanne, in der gewiss auch Guys Vater misshandelt wurde.

Als Nächstes vertiefe ich mich in den Bericht der Widerstandskämpferin Jeanne Héon-Canonne, die von der Gestapo verhaftet und in dasselbe Gefängnis eingesperrt wurde wie Guys Vater. Das Vorwort stammt von Albert Camus, und Jeannes Augenzeugenbericht lässt mich erahnen, was Guys Herz still und leise verkümmern ließ: das Martyrium seines Vaters.

Ich bin in einer Zelle eingesperrt, in die nur die zum Tode Verurteilten kommen, das schließe ich zumindest aus den Kritzeleien an den Wänden und begreife es schnell auch aus den Gesprächen meiner Zellennachbarn. Es ist ein Raum im Erdgeschoss des Zentralflügels, rechts vom Eingang. Hier ist es so düster, dass ich selbst gegen Mittag die Umrisse der Tür nur erahnen kann. Eine feuchte Kälte lastet auf meinen Schultern. Nach einiger Zeit haben sich meine Augen an die Dunkelheit gewöhnt, und ich kann ein kleines Fenster und den gestampften Boden erkennen. Kein Bettgestell, keine Strohmatte, keine Decke, nur eine dicke Kette, die in der Mauer verankert ist. Ich höre Ratten kommen und gehen.

Erst langsam wird mir klar, was mir passiert ist, und der Gedanke daran, was aus meinen Kindern wird, ist unerträglich …

Sie ist im dritten Monat schwanger. Während der Dauer der Verhöre wird Jeanne in eine etwas bessere Zelle mit einer Strohmatte verlegt. Die Mahlzeiten bestehen aus »einer Suppenkelle mit einer dunklen Flüssigkeit und einem Schöpflöffel Blumenkohlsoße«. Mit Schrecken stellt Jeanne fest, wie schnell sie abmagert. Doch die Tage gehen dahin, sie macht sich große Sorgen um ihre Kinder, denkt an ihren Mann. Sie kann kaum schlafen.

Den Anblick der Gitterstäbe, die mir den Blick auf die Morgendämmerung versperren, sollte ich mein Leben lang nicht vergessen können.

Erschreckend, ihre Beschreibung der Folterkammer, in die sie von einem Wächter gebracht wird:

Ich sehe, auf dem Tisch verteilt – und sie wollen auch, dass wir es sehen: Ochsenziemer, Brustpressen, Knüppel, Reflektorlampen … Ein armer Kerl sitzt vor einer der Lampen, mit völlig zerzausten Haaren, einem verstörten Gesicht; er schreit bruchstückhafte Wortfetzen, et-

was über eine Brücke und Sprengstoff: Er kommt aus Nantes. Eine nackte Frau liegt neben ihm auf dem Bauch, mit blau-violetten Beinen, und zittert wie Espenlaub, während der ›Untersuchungsrichter‹ sie anbrüllt. Die Soldaten schlagen auf sie ein. Sie verliert das Bewusstsein. Wie lange werden sie weiterschlagen?

Ein Offizier ruft Jeanne in Erinnerung, was ihrem Mann vorgeworfen wird: Beihilfe zur Flucht von Soldaten aus Krankenhäusern in Angers, Ausstellung von falschen Bescheinigungen, damit die zum Arbeitsdienst Verpflichteten nicht eingezogen und nach Deutschland geschickt werden konnten, Beteiligung an Attentaten gegen das deutsche Militär. Ihr Mann soll Pläne versteckt haben, der Offizier will wissen, wo sie sind. Jeanne sagt, sie wisse von nichts. Dafür wird sie geschlagen, mit Essensentzug bestraft. Ihre Zelle liegt unweit der Folterkammer.

Vom Morgen bis zum Abend und vom Abend bis zum Morgen höre ich die markerschütternden Schreie der gefolterten Gefangenen und das Gebrüll der Gestapo-Männer.

Seit Dienstag haben die Verhöre wieder angefangen, zwei-, dreimal pro Tag und mehr ... Hinterher bin ich völlig leer, kann nicht mehr denken, bin geistig und körperlich zerschlagen, ganze Stunden lang. Ich starre auf das eine Wort, das ich über meiner Bettstelle in die Wand geritzt habe: »Durchhalten«.

Zwischen den Seiten des Buchs liegen andere, von Hand geschriebene Zeugenaussagen, von Gefangenen, die im selben Gefängnis eingesperrt waren wie Clotaire Moustier, Guys Vater. Sie beschreiben ihre Qualen. Etliche Widerstandskämpfer werden zu Tode gefoltert. Einige sind noch keine zwanzig. Die Gestapo greift häufig zu Folter, denn nur mit schnellen Geständnissen kann ein Netzwerk zerschlagen werden. Andernfalls wären die anderen gewarnt, würden sich zerstreuen und anderswo neu gruppieren. Die meisten Widerstandskämpfer gestehen gleich bei den ersten Verhören: Sie wissen, was sie erwartet.

Ich stelle mir vor, wie schmerzlich diese Lektüren – in die Tiefen eines Schranks im Keller verbannt – für Guy gewesen sein müssen. Ich lege die Bücher an ihren Platz zurück, doch das Foto von der Badewanne bleibt in einem Winkel meines Gedächtnisses haften.

12

Eine Woche lang sagt er kein Wort. Nichts. Er sieht mich nicht an. Ich bin unsichtbar. Er kommt jeden zweiten Tag für ein paar Stunden. Er macht sich im Keller zu schaffen oder reißt Unkraut aus, mit verschlossener Miene. Ich kann erahnen, wie unwohl sich seine Frau und seine Töchter gefühlt haben müssen, wenn er so unzugänglich wurde.

Ich bin noch ziemlich mitgenommen von dem, was ich gelesen habe, und gleichzeitig auch beruhigt, seit ich weiß, dass das Haus »sauber« ist – was eigentlich wenig Sinn ergibt, da die Familie, die hier gewohnt hat, nicht die meine war. Als ob die Tatsache, dass der frühere Besitzer in der Résistance war, mich von allen menschlichen Gräueltaten reinwaschen und bescheinigen würde, dass ich auf der Seite der Guten bin und mir nichts vorzuwerfen habe.

Eines Nachmittags ruft mich der Alte zu sich in den Schuppen.

»He, Schreiberin!«, ruft er, mit einem Hauch von Ironie, wie immer, wenn er mich braucht. Er will mir seine Federsammlung zeigen. Er hat welche von Enten, Fasanen, Rebhühnern und Turteltauben aufbewahrt, die er von der Jagd mitgebracht hatte. Sie haben ihre Farben nicht verloren.

Es ist schon mild in diesem Mai, ich bin froh, dass er aus seinem Schweigen herauskommt, und biete ihm einen Tee mit Bergamotte an. Er nickt und wir setzen uns an den Gartentisch, unter die blasslila Glyzinie. Ein leichter Windstoß wirbelt Blütenblätter auf, die wie Regen langsam auf uns herabrieseln.

 Diesmal ist er es, der die erste Frage stellt.

»Schreiben Sie auch über Ihren Vater?«

Verblüfft muss ich einen Augenblick lang nachdenken.

»Nein, in meinen Romanen kommen keine Väter vor, sie sind entweder abwesend oder sterben sehr schnell.«

Ich habe nie darauf geachtet, doch es stimmt, meine Figuren haben keinen Vater, vielleicht weil mir die Grundlagen fehlen, um eine ganz normale Beziehung zu beschreiben, oder weil ich bestimmte Themen von mir fernhalten will.

Als ich meinen ersten Roman fast fertig hatte, fragte mein Vater, ob es darin um ihn ginge. Er fürchtete mein Urteil, weil er sich offenbar übelnahm, dass er nie der perfekte Vater gewesen war. Trotzdem sagte er:

»Tu dir keinen Zwang an, Schriftsteller erzählen oft von ihrer Vergangenheit: Man denke nur an Hervé Bazin und was er in *Viper im Würgegriff* über seine Mutter geschrieben hat. Er hat sie nicht geschont. So ist es nun mal.«

Ich fand seine Haltung sehr nobel. Sie bewies mir seine Zuneigung, er wollte mich nicht in meinem Schreibdrang einengen und war bereit, dafür in den Hintergrund zu treten. In scherzhaftem Ton schlug er mir sogar einen Titel vor: *Mein Vater, dieser ach so gute Mensch*, und fügte noch hinzu:

»Aber überprüfe ihn lieber, dieser Titel dürfte schon vergeben sein.«

Ich schmunzle, als ich dem Alten diese kleine Anekdote erzähle. Guy nimmt einen Schluck Tee und schweigt, er kann unserem familiären Humor offenbar nichts abgewinnen.

Das Krächzen eines Raben auf der Zeder zerreißt die Stille. Die Katze macht im Gras Jagd auf eine Libelle, als hinge ihr Leben davon ab. Eine sanfte Brise streift meinen Nacken. Guy trommelt mit den Fingernägeln gegen die Tasse, das geht mir auf die Nerven, doch ich wage nicht, ihm zu sagen, er solle damit aufhören.

Schließlich meint er barsch, er hätte nie offen und ehrlich mit seinen Töchtern geredet.

»Sie scheinen Ihren Vater immerhin noch zu mögen, trotz allem, das merkt man daran, wie Sie über ihn sprechen. Ich dagegen konnte in meinen Töchtern nie etwas anderes wecken als Hass oder Mitleid.«

Ich ziehe die Schultern hoch, um meine Verlegenheit zu überspielen. Dann erkläre ich ihm, dass es nicht so einfach sei, doch ich hätte versucht, meinen Vater zu verstehen. Als ich klein war, waren meine Gefühle ihm gegenüber so zwiespältig und chaotisch, dass ich sie noch heute kaum auseinanderdividieren kann. Mal schämte ich mich für ihn, mal hatte ich vor ihm Angst, dann wieder brachte er mich zum Lachen, sein Gesichtsausdruck veränderte sich wie seine Stimmung mehrmals am Tag, und er konnte verletzend, großzügig, komisch, niedergeschlagen, cholerisch, gestresst, müde, überschwänglich oder verzweifelt sein. Er war uns peinlich, wenn wir Besuch hatten, denn er spielte sich als Angeber auf, als Schwätzer, Witzbold, krankhafter Lügner, dem es nur darauf ankam, sich in den Vordergrund zu drängen, zu beweisen, wie toll er war, unersetzlich in der Firma. Er erzählte von den Produkten, an deren Entwicklung er mitgearbeitet hatte, wie gut er Tennis spielte und wie herausragend er damals beim *Concours*, der Zulassungsprüfung für eine der Elitehochschulen, abgeschnitten habe, er berichtete von seinen Heldentaten, seinen Geschäftsreisen ins Ausland, den Betrieben, die er besucht hatte, den exzellenten schriftlichen Berichten, dem Luxus. Mit seinem nie versiegenden Redefluss versuchte er, seine Komplexe und seine Ängste zu verbergen. Er wollte Bewunderung, um nicht mehr das zu sein, was er von frühester Kindheit an in den Blicken seines Vaters gelesen hatte: ein nutzloser Versager.

Über dieses Gebaren ärgerte sich mein Großvater, wenn der bei uns zum Essen eingeladen war. Er verdrehte die Augen und machte sich über Vaters Prahlerei lustig, bevor er dann sein Totschlagargument anbrachte:

»Du gehst mir auf die Nerven! *Ich* erinnere mich hauptsächlich daran, dass du in Mathematik eine Niete warst.«

Dann rang sich mein Vater immer ein Lächeln ab, als hätte sein Vater einen Witz gemacht.

Später, nachdem er meinen Großvater nach Hause gebracht hatte, kam er nie gleich nach Hause. Er ging in eine Bar, saß allein an einem Tisch und bestellte sich etliche Drinks, um die sarkastischen Äußerungen seines Vaters hinunterzuspülen. Wenn er anschließend wieder nach Hause kam, leicht schwankend, setzte er sich mürrisch vor den Fernseher. Wir sorgten uns nicht weiter um ihn, wir waren daran gewöhnt.

Mein Vater kompensierte also die väterlichen Schikanen und das, was sie in ihm angerichtet hatten, mit seinem für uns alle sehr anstrengenden Verhalten. Er spielte sich ungeheuer auf. Wenn wir Besuch erwarteten, Freunde oder Verwandte, redete Mutter ihm vorher immer ins Gewissen, und mein Bruder und ich hörten sie jedes Mal dieselben Ermahnungen aussprechen:

»Und rede nicht wieder so viel, Chantal konnte es schon beim letzten Mal nicht mehr hören, falle den anderen nicht ständig ins Wort und erzähle nicht stundenlang von deiner Arbeit.«

Er nickte und vergaß es wieder. Manchmal wurde er aber auch aggressiv und brüllte sie an, dann verstummte sie, wie immer.

Ich konnte es kaum erwarten, bis diese Abendessen und das ganze Theater vorbei waren, um mich in mein Zimmer und zu meinen Büchern zu flüchten.

Als ich vor einigen Monaten in Paris war, schlug ich ihm einen kleinen Spaziergang vor. Er geht nur noch selten aus dem Haus, und ich wollte ihn aus seiner Lethargie reißen. Wir gingen in Richtung des Parks Monceau, und ich merkte, dass er sich gern in eines der Straßencafés gesetzt hätte, um ein Bier zu trinken. Alkohol tut so gut, um seine innere Unruhe zu betäuben. Danach geht man schlafen und denkt an nichts mehr. Seit der Rückkehr aus Japan war Alkohol der beste Freund meines Vaters geworden, die Mauer, die uns voneinander trennte.

Ich trinke praktisch nie, allein schon der Anblick einer Flasche Alkohol ist mir zuwider. Ich mag weder den Geschmack noch seine zerstörerische Kraft. Ich rauche auch nicht. Ich will von nichts abhängig werden. Erstaunlicherweise ist es in unserer Gesellschaft aber nicht ganz einfach, Alkohol zu meiden. Wenn ich irgendwo eingeladen bin und mein Weinglas leer bleibt, weil ich mehrmals abgelehnt habe, ernte ich oft missbilligende Blicke und ertappe mich dabei, dass ich mich einen Moment lang schuldig fühle. Aber weshalb bitte? Manche nehmen es persönlich, wenn ich lieber keinen Alkohol möchte, manche finden mich deswegen spröde. Also trinke ich manchmal ein Gläschen – um fröhlich zu wirken, um nicht anzuecken. Wenn ich dem Wein meines Gastgebers oder einem irrsinnig teuren Champagner nicht die gebührende Ehre erweise, mangelt es mir an Anstand, fast begehe ich einen Fauxpas, ich bin der Spielverderber vom Dienst, kann mich weder amüsieren noch die schönen Dinge des Lebens genießen. Und überhaupt – was verbirgt sich *wirklich* hinter dieser Ablehnung? Muss ich Medikamente nehmen oder bin ich gar schwanger? Etwas stimmt nicht mit mir, freiwillig tut man das doch nicht. Wenn alles in Ordnung ist (oder auch nicht, je nachdem), bechert man, um sich zu entspannen, um sich mit anderen verbunden zu fühlen, um seine Meinung über die Farbe und den Charakter eines guten Weins auszutauschen. Wie oft ist mein Vater auf einer seiner früheren Geschäftsreisen rückfällig geworden! Bereits im Flieger wurde ihm Alkohol angeboten und später dann auf Dinnerpartys. Wie hätte er diesem sozialen Druck auch lange standhalten können?

Bei dem Spaziergang vertraute er mir Dinge an, die er mir noch nie erzählt hatte. Dass er sich kurz vor der Heirat wie betäubt gefühlt habe. Nach außen hin war er attraktiv, selbstsicher, geistreich, kultiviert und sportlich. Auf alten Fotos sehe ich einen groß gewachsenen, dunkelhaarigen jungen Mann mit blauen Augen und einem umwerfenden Lächeln. Er kam gut an bei den Frauen, er hat meine Mutter verzaubert. Niemand merkte ihm an, wie hohl er sich fühlte. Er lachte, doch in ihm gähnte ein Abgrund, der ihn zu verschlingen drohte.

Japan war eine zweite Chance für ihn gewesen, ein neues Leben. Als ich geboren wurde, hat er vor Freude »drei Tage lang« geweint. Ich nehme an, dass er mit Unterbrechungen ein paar

Stunden lang geweint hat, was schon mal nicht schlecht ist. Endlich spürte er, was Glück ist. Ich gab meinen ersten Schrei in Tokio von mir, daher mein japanischer Vorname. Eine etwas spleenige Idee meines Vaters. Er fühlte sich gut fern von Paris, fern der boshaften Bemerkungen, er war Direktor in einer großen Firma, stolz auf seine Arbeit und auf das, was er war. Endlich nahm er sich das Recht heraus, das Leben zu genießen, ohne ständig seinem Vater gefallen zu wollen.

In Tokio gingen wir viel spazieren: zwischen den Tempeln, den heiligen Stätten, den im Frühling blühenden Kirschbäumen, den Rotkiefern und den goldenen und silbernen Pavillons, in den Bambusgärten, in den Bergen. Unsere Wohnung hatte eine Terrasse, von der aus man die Wolkenkratzer und die französische Botschaft sah. Mit Kissen und Decken baute mir mein Vater unter dem Wohnzimmertisch eine eigene Hütte, er plünderte die Sofas, und wir hatten viel Spaß. Wir sahen uns im Fernsehen *King Kong* an. Eines Morgens, ich war allein in meinem Zimmer, sah ich den riesigen Gorilla vor meinem Fenster. Der große pelzige Kopf zeichnete sich hinter der Fensterscheibe ab, und ich war vor Angst wie gelähmt. Er kletterte an unserem Haus hinauf! Diese Erinnerung ist so lebhaft, dass sie mir noch heute real vorkommt. Es fällt mir schwer zu glauben, dass es nur ein Traum war, doch eine andere Erklärung gibt es nicht.

Auf einem Foto sitzt mein Vater auf meinem Dreirad, seine langen Beine angewinkelt, die Knie an den Ohren, er lacht übermütig, auf einem anderen steht er auf einer japanischen Brücke, ich, noch ganz klein, stecke unter seiner Jacke. Wenn er arbeitete, ging meine Mutter mit mir in den Park, ich war das einzige blonde Mädchen mit blauen Augen und spielte mit den japanischen Kindern. Dann sollte ich mich für einen Katalog in Winterkleidung fotografieren lassen. Es war warm, mitten im Sommer, die Wollsachen kratzten so sehr, dass ich irgendwann in Tränen ausbrach.

Mit der Rückkehr nach Paris war es dann um die Unbeschwertheit meines Vaters geschehen. Er war erneut mit seinen eiskalten, abweisenden Eltern konfrontiert, die so gar keine Zuneigung zu ihm zeigten. Unsere neue Wohnung in Paris wurde noch renoviert, es war Winter und wir hatten weder Wasser noch Strom. Meine Großeltern verreisten, das traf sich gut, mein Vater fragte, ob wir so lange in ihrem Pariser Haus wohnen könnten. Sie lehnten rundweg ab, vermutlich aus Angst, mein Vater könne ihre versteckten Goldbarren finden und ihre Sachen durcheinanderbringen. Uns für diese Zeit ihr Haus überlassen? Nein, das brachten sie nicht über sich. Sie vertrauten keinem, ihre Kinder sollten zusehen, wie sie allein zurechtkämen. Obwohl ihr Haus also eine Zeitlang leer stand, mussten meine Eltern mit meinem kleinen Bruder und mir in eine eisige Wohnung ziehen. Diese Episode trieb für einige Monate einen Keil zwischen sie, doch mein Vater konnte schnell verzeihen. Götter haben alle Rechte der Welt.

Mein Großvater gab meinem Vater als Kind einen komischen Spitznamen: Eipi. Mein Vater erwähnte das mit einem dümmlichen Unterton, als würde es sich um einen Witz handeln. Ich wusste lange Zeit nicht, was es mit diesem Spitznamen auf sich hatte, aber gut, den Menschen, die man liebt, gibt man manchmal komische Kosenamen.Eines Tages fragte ich ihn dann doch, was es mit dem Namen »Eipi« auf sich hätte. Lächelnd erklärte mein Vater, es sei die Abkürzung für »Einfaltspinsel«. Ich war entsetzt. Mein Vater spielte den Starken und wollte sich nicht eingestehen, wie schlimm das für einen kleinen Jungen gewesen sein musste. Er sagte, sein Vater hätte nun mal eine Vorliebe für Wortspiele und Abkürzungen.

Mehr als einmal war ich versucht, meinem Großvater seinen Egoismus vorzuwerfen, ihm klarzumachen, dass es seine Schuld war, dass mein Vater ein so unglücklicher Mensch geworden ist. Ich wollte ihm aber auch verdeutlichen, dass es noch nicht zu spät war, meinem Vater gegenüber eine andere Haltung einzunehmen, liebevoll zu ihm zu sein und ihm endlich mal etwas Nettes zu sagen – worauf mein Vater seit seiner Kindheit wartete. Doch erst zwei Jahre vor seinem Tod brachte ich den nötigen Mut auf. Mein Großvater hatte Charisma, einen stählernen Blick. Wenn er ein Zimmer betrat, verstummten alle, seine Worte waren oft wie Peitschenhiebe, voll beißendem Spott, und verwiesen jeden in seine Schranken, der es wagte, ihm zu widersprechen. Als wir eines Tages nach dem Essen noch zusammensaßen, nutzte ich die Trägheit aus, in die eine gute Mahlzeit einen versetzt, und erklärte meinem Großvater, er habe seinen Sohn nicht genug gefördert und ermutigt, und dass dessen Alkoholkonsum und Depressionen vermutlich von diesem Mangel an Zuneigung herrührten. Mein Großvater sah mich einen Augenblick lang verdutzt an. Ich hielt seinem Blick stand, und da sagte er schließlich, leicht beschämt: »Ja, du hast recht.«

Wir haben nie über wirklich wichtige Themen gesprochen – in welchen Familien setzt man sich bei Tisch mit Freud und Leid des Einzelnen auseinander? Man verbirgt seine Traurigkeit, verschweigt Wahrheiten, die einem nicht leicht über die Lippen kommen, Schicksalsschläge werden ignoriert – die soll man bitte schön für sich behalten –, man plaudert und scherzt, lobt das gute Essen und tut so, als sei alles in bester Ordnung. Dann trinkt man noch einen Kaffee, verabschiedet sich mit einem Lächeln auf den Lippen, und so geschieht es, dass der eine oder andere genauso niedergeschlagen nach Hause geht, wie er gekommen ist.

Wir hatten die Sticheleien meines Großvaters meinem Vater gegenüber immer ertragen, ohne etwas zu sagen. Doch eines Tages machte ich endlich den Mund auf. Unversehens tauchte ich damit in eine andere Realität ein, in eine Dimension, die mir normalerweise verboten war: die der Wahrheit, der unterdrückten Gedanken. Zum ersten Mal ließ ich sie zu Wörtern werden, und zum ersten Mal spürte ich bei meinem Großvater so etwas wie Menschlichkeit und auch einen Anflug von Gewissensbissen.

Doch der Schaden war längst angerichtet, und mein Großvater hat sich natürlich nicht von heute auf morgen geändert, und denoch: Ich hatte ihm etwas bewusstgemacht, und er hatte die Größe, es zuzugeben. Ich hatte meinem Vater gegenüber einen entscheidenden Vorteil: Mein Großvater achtete mich. Ich könnte nicht sagen, warum dem so war, aber während er meinen Vater nie für etwas lobte, sagte er mir manchmal, dass er mich schätze, dass ich den Fortbestand der Familie sichere. Wenn er mir unerwartet solche Komplimente machte, war ich jedes Mal von Neuem überrascht.

»Das Muttersein bekommt dir, meine Kleine«, sagte er einmal zum Beispiel, kurz vor seinem Tod. Und dabei lächelte er freundlich, sein Panzer bekam Risse.

Meine Worte kommen aus meinem Mund wie Vögel, die zu lange in ihrem Käfig eingesperrt waren. Guy wird unruhig, er hüstelt, kratzt sich am Kopf, unter der Mütze, sie fällt herunter, er hebt sie auf, legt sie auf seine Schenkel, streckt ein Bein aus und winkelt es wieder an, das Knie ist vom Rheuma steif geworden. Ein Schmetterling flattert zwischen uns herum, bald gefolgt von einem zweiten, und die beiden führen einen fragilen Tanz auf, dessen Choreographie ich nicht erkennen kann.

Plötzlich unterbricht er mich.

»Und nun, wo Sie besser verstehen, warum es Ihrem Vater nicht gut ging – können Sie ihm verzeihen?«

13

Ich werde ganz steif und ringe die Hände, während mich seine faltigen grauen Augen mit einer schmerzlichen Intensität anstarren und an meinen Lippen hängen, als könnte meine Antwort ihn begnadigen oder verdammen. Ja, ich habe ihm verziehen, das ist nicht das Problem. Ich könnte mich mit meinen unschönen Erinnerungen abfinden, der angespannten heimischen Atmosphäre und seinen Wutanfällen, die mich noch immer verfolgen, wenn heute zwischen uns alles in Ordnung wäre. Verzeihen ist möglich. Doch wir können uns nicht begegnen, ohne dass die Vergangenheit aufgewühlt wird. Ich beneide meine Freundinnen, die den Sommer bei ihren Eltern am Meer verbringen, wo ihre Kinder mit den kleinen Cousins und Cousinen spielen können, wo sie den Zuspruch und die Wärme einer harmonischen Familie erfahren, die vertraulichen Gespräche zwischen Mutter und Tochter mitbekommen, Väter erleben, die ihre Kinder bewundern und ihnen Mut machen. Meine Freundinnen wissen, dass sie bedingungslos geliebt und in schweren Zeiten unterstützt werden. Ich dagegen habe mich schon in meiner Jugend von meinen Eltern distanziert.

Ich rufe sie nur selten an, wir sehen uns oft monatelang nicht. Meine Mutter wirft es mir vor, denn sie liebt ihre Enkelkinder. Sie glaubt, uns alles gegeben zu haben, sie kann sich nicht vorstellen, dass die Vergangenheit noch heute Ängste in uns wachruft. Es gibt so viele Dinge, die ich verdränge und von mir fernhalten will.

 Manchmal gebe ich mir einen Ruck und sage mir, dass eine kurze Ferienwoche doch möglich sein müsste. Doch schon nach einigen Stunden, maximal zwei bis drei Tagen, fängt mein Vater wieder damit an, es ist wie ein Reflex bei ihm: Genau wie Menschen, die als Kind geschlagen wurden, später bekanntlich dazu neigen, auch ihre eigenen Kinder zu schlagen, weil sie nichts anderes kennen, macht mein Vater unweigerlich wieder eine verletzende Bemerkung. Dabei hatte er versprochen, sich zurückzuhalten, er hatte es wirklich vor, weil er uns ja liebt. Doch dann fällt mitten beim Essen eine spitze Bemerkung, ein bissiger Satz. Ich sei eine schlechte Mutter. Es gebe Leute, die schuften, während ich ja ständig im Urlaub sei, ich würde es mir ganz schön leichtmachen. Er weiß genau, dass er mich damit verletzt, ich habe meinen Job an den Nagel gehängt, um mich ganz meinen Kindern und meinen Romanen zu widmen. Ich fing schon an zu schreiben, als ich quasi gerade mal auf der Welt war. Ja, ich arbeite zu Hause und genieße es, dass ich mir die Zeit frei einteilen kann, mir fehlen sowohl die Energie als auch das Selbstvertrauen, um mich erneut der Welt da draußen zu stellen. All diese Schwachpunkte werden nun gegen mich verwendet, nur weil er unbewusst den Drang verspürt, zu verletzen, und dieser Drang ist stärker als er. Mein Vater will mir das antun, was ihm als Kind angetan worden war, nur damit ich mich klein und schäbig fühle – und es funktioniert. Zweifel tauchen auf: Bin ich wirklich eine gute Mutter, ist es ein Beweis für Feigheit und Schwäche, dass ich nicht im Beruf und in der Firma geblieben und den normalen Weg gegangen bin?

Ich widerspreche, ich nehme es hin, ich werde laut, ich verlasse den Tisch, je nachdem, wie viel ich in diesem Moment gerade ertrage. Meine Mutter versucht, die Wogen zu glätten, sie hat schon immer Angst gehabt vor meinem Vater und ihn mehr oder weniger in Schutz genommen (»Hör nicht auf ihn, das legt sich wieder. Bleib einfach ruhig und lass ihn reden.«). Sie versucht, die Wucht, die seine verbalen Attacken auf mich haben, herunterzuspielen. Wenn ich dann aber früher als geplant abreise, ist sie mir böse. Sie hinterlässt eine Nachricht auf meinem Handy: Ich hätte doch bleiben und seine Gemeinheiten wegstecken können, sie tue es doch auch seit Jahren, es sei nicht sehr nett von mir gewesen, früher abzureisen. Und die kleine Lucie wäre sicher gern noch geblieben …

Ich habe meinen Vater nie ein böses Wort über seine Eltern sagen hören. Sein Vater war für ihn der Größte, der Intelligenteste. Er unterrichtete an einem weiterführenden Lycée, an dem Schüler nach dem Abitur in einer strengen, zweijährigen Ausbildung auf die Grandes Écoles vorbereitet werden. Nein, sein Vater war kein kleiner Dorfschullehrer gewesen, er hatte die Zulassung für Mathematik und an einem der angesehensten Lycées von Paris unterrichtet. Das erwähnt mein Vater immer mit triefendem Stolz. Er relativiert die Misshandlungen, denen er ausgesetzt war, dass er mit einem Gürtel geschlagen und oft stundenlang zu den Ratten in den Keller gesperrt wurde. Schon als kleiner Junge spielte er den Starken, um seine Empfindsamkeit zu verbergen.

»Ich hab drei erwischt!«, sagte er eines Abends zu seinem Bruder, als er die Strafe abgesessen hatte und mit seiner Steinschleuder aus dem Halbdunkel kam.

Etwas schnürt mir die Brust zusammen. Ich hebe den Kopf und sehe Guy an.

»Vielleicht denkt er, ich müsse wie er alles einstecken, ihm seine verletzenden Worte verzeihen und ein Loblied auf ihn singen, nur weil er mein Vater ist.«

Der Alte schaukelt zuerst sachte hin und her und sagt dann mit schwacher Stimme: »Nein, das müssen Sie nicht, natürlich nicht.«

14

Mir ist heiß und mein Magen verkrampft sich, als ich mich an all diese Dinge erinnere, doch ich spüre bei dem alten Mann eine Empathie, die ich nie bei ihm vermutet hätte. Und ich empfinde es als wohltuend, mir alles von der Seele zu reden, ausnahmsweise mal nicht eine Andere mimen zu müssen, eine Frau mit einer ganz normalen Kindheit, die sich nicht ins Schreiben flüchtet.

Guy geht in den Keller, um ein bestimmtes Buch zu holen, und ich koche Wasser für einen Tee. Dann setzen wir uns wieder an den schmiedeeisernen Tisch und lassen uns vom Pfefferminzduft einhüllen. Ich sehe einem Flugzeug am Himmel nach, betrachte die hellen Wolken und die sich sanft wiegenden Zweige der Zeder – es ist richtig erholsam nach meinem Redemarathon. Guy ist mit einem Buch zurückgekommen, das er besonders liebt. Es hat seinem Vater gehört: *Jagen in Frankreich,* von Gaston Chérau. Ich glaube, er will mich auf andere Gedanken bringen, und das rührt mich.

Er blättert es behutsam um, und um mich daran teilhaben zu lassen, was er im Herbst immer im Wald empfand, liest er mir mit feierlicher Stimme den ersten Abschnitt vor:

Wer nicht mehr das Gefühl der Überraschung verspürt, wenn er eine Schar von Rebhühnern auffliegen sieht, wem sich nicht mehr der Magen zusammenzieht, wenn er beim Betreten einer abgeholzten Fläche plötzlich hinter sich den knarrenden Revierruf eines alten Hahns hört, wer nicht mehr nach Luft schnappt, wenn sein Hund etwas wittert und angespannt stehen bleibt, und er gleich darauf statt des erwarteten Rebhuhns eine Wachtel entdeckt, wer kein Fünkchen Stolz verspürt, wenn ihm sein Hund nach einer halben Stunde nervöser Anspannung das erlegte Wild apportiert, der ist kein wahrer Jägersmann.

Ich nicke ohne große Überzeugung und versuche, wenigstens ein bisschen beeindruckt zu tun, um ihn nicht zu enttäuschen. Man braucht nur die Augen leicht aufzureißen und die Lippen etwas öffnen – und schon ist ein Gesprächspartner, der einem imponieren will, zufrieden. Für mich ergeben derlei Gefühle, wie sie in dem Buch beschrieben werden, keinen Sinn, ich habe sie nie verspürt. Und doch kann ich diese Aufregung nachvollziehen. Mein Onkel ging manchmal zur Jagd, mit seinem Sohn, der stolz darauf war, ihn begleiten zu dürfen, und wenn wir in den Ferien in Blois waren, sah ich sie mit ihren dreckigen Stiefeln und ihren grünen Jagdhosen nach Hause kommen, hochzufrieden mit dem Wild, das sie erlegt hatten. Ich bewunderte meinen großen Cousin, der immer sehr nett zu mir war und den Rest der Zeit in seinem Zimmer Lieder von Hubert-Félix Thiéfaine hörte, doch ich begriff nicht, was am Jagen schön sein sollte. Tieren auflauern und sie erschießen, die lauten Gewehrschüsse, die einem das Trommelfell zerreißen, die verängstigt davonrennenden Hirsche – nein, damit konnte ich nichts anfangen.

Da ich nie lange verbergen kann, was ich denke, erzähle ich dem alten Mann, dass es mir reicht, in der Natur spazieren zu gehen, ich müsse keine Tiere töten, um dieses Vergnügen noch zu steigern, ganz im Gegenteil. Ich beobachte Vögel gern, möchte aber bestimmt nicht auf sie schießen. Jagen ist für mich ein

Relikt aus vergangenen Zeiten, das wir hinter uns lassen sollten.

Er zieht die Augenbrauen hoch und schlägt das Buch unwirsch zu. Dann legt er es auf den Tisch und murmelt vor sich hin:

»Frauen haben es sowieso nie verstanden.«

Ich zucke mit den Schultern. Er soll froh sein, dass er im Moment von einer Frau in seinem früheren Haus geduldet wird – ein Mann hätte ihn vermutlich längst vor die Tür gesetzt. Mein Tee ist nicht süß genug. Ich schaue auf mein Handy. Nur noch eine halbe Stunde, bis ich die Kinder abholen muss.

»Ich weiß«, sagt er hastig, »ich gehe ja schon.«

Er leert seine Tasse und murmelt dann:

»Ich kann mir noch immer nicht vorstellen, dass er so viel leiden musste, während ich nichtsahnend auf ihn gewartet habe. Ich dachte, er sei einfach nur eingesperrt. Bei Menschen, nicht bei Ungeheuern. Nicht einmal in meinen schlimmsten kindlichen Albträumen hätte ich mir solche Gräuel vorstellen können, obwohl ich mir durchaus Sorgen gemacht habe, das können Sie mir glauben.«

»Verstehe«, sage ich und sehe seinen Blick, den Blick eines verlorenen Kindes, der so gar nicht zu seiner zitterigen Stimme passen will.

Ich spüre seinen Aufruhr und fühle mich wie gelähmt. Er streichelt seine Federn, eine nach der anderen. Erzählt mir von seinen Hunden und seinen Vögeln, seinem Drang, sonntags durch die Wälder zu streifen, auch als er schon verheiratet war, von diesem Gefühl des Erstickens, das ihn zu jeder Tageszeit überfallen konnte und ihm den Atem raubte, von unerhört heftigen Panikattacken, die er vor seiner Familie zu verbergen suchte und die ihn manchmal zu einem zitternden Häuflein Elend machten, das sich in einem Winkel des Kellers oder seines Zimmers versteckte, nachts, während seine Frau schlief. Er gesteht mir, wie sehr es ihn schmerzt, dass er keine Nähe mit ihr zugelassen hat.

Ich sehe, wie sich seine Hände auf dem Buch verkrampfen, seine alten faltigen Hände mit den dicken Adern auf dem Handrücken, die nur dann Trost fanden, wenn sie mit irgendetwas beschäftigt waren, das ihn vom Grübeln ablenkte: mit dem Gewehr, der Heckenschere, oder wenn sie sich an einer Zigarette oder einer Flasche Alkohol festhalten konnten. Doch ich habe ihm nie Alkohol angeboten, unter meinem Dach wird nicht getrunken, in diesem Punkt lasse ich nicht mit mir reden.

Die Wochen vergehen.

Bruchstückhaft erzählt er mir vom Krieg, von der Besatzung, und dass die Menschen nicht einmal mehr das Notwendigste hatten. Wie die anderen Kinder des Viertels fuhr er Rad, eines mit abgenutzten Schläuchen, mit Stofffetzen geflickt. Nach jeder Mahlzeit gab es ein heißes Getränk aus gerösteter Gerste, als Ersatz für Kaffee, und in Ermangelung von Tabak rauchte sein Vater irgendwelche Kräuter, die einen fürchterlichen Gestank verbreiteten. 1942 wurde er von einem Freund gefragt, ob er nicht in der Résistance mitmachen wolle, und er sagte zu. Hätte sein Vater doch nur abgelehnt, wäre ihr aller Leben völlig anders verlaufen. Dabei hatte er gewusst, wie gefährlich es war. Die Gestapo infiltrierte alle Netzwerke, und das auf schrecklich effiziente Weise. Ein Nachbar war verprügelt worden und hatte hinterher schlimm ausgesehen. Doch statt sich zurückzuziehen, ließ sein Vater sich eine gefälschte Krankmeldung geben, um sich voll und ganz dem Kampf gegen die Besatzer widmen zu können. Er nahm an Sabotageeinsätzen teil und fungierte als Überbringer geheimer Nachrichten. Englische Fallschirmjäger landeten nachts auf ihrem Dach und in den Gärten, mit Waffen, Munition, Radios und Informationen. Seine Mutter fand die Fallschirmseide so schön, dass sie sie aufbewahrte, um daraus Blusen zu schneidern. In diesen Notzeiten war alles wertvoll.

Guy denkt, dass die schreckliche Zeit damals heute allen »völlig egal« sei, vor allem den jungen Leuten, und damit hat er nicht ganz unrecht. Lehrer, Dokumentationen und bekannte Spielfilme wie *Der Soldat James Ryan* zeugen von den Grausamkeiten dieses Krieges. Aber man hat die Wehrpflicht abgeschafft, in unserem Land herrscht Frieden, und die damaligen Geschehnisse sind nicht realer als ein Videospiel. Wenn man den Krieg nicht erlebt hat, kann man ihn kaum begreifen.

Ich erzähle ihm, was ich von jener Zeit weiß, lediglich Gesprächsfetzen, die ich bei Tisch aufgeschnappt habe. Mein Großvater war damals ein ganz junger Lehrer von zwanzig Jahren, er steckte noch mitten im Studium, musste aber schon unterrichten, um die Männer zu ersetzen, die als Soldaten an die Front geschickt worden waren. Seine Schule bekam ständig Rundschreiben. Anfangs sollte er Kartenspiele und Bälle sammeln, für die Soldaten, die sich langweilten. Im Klassenzimmer hing ein Plakat in den Nationalfarben, auf dem ein kleines Mädchen beim Stricken abgebildet war, mit dem Satz: »Auch ich habe einen Soldaten adoptiert.« Ab April 1940 hat sich die Lage verschlechtert. Die Deutschen rückten vor und unsere Armeen zogen sich zurück, bald ging alles drunter und drüber. Viele flohen. Mein Großvater erhielt ein weiteres Rundschreiben mit der Aufforderung, auf dem Schulhof mit den Schülern Gräben auszuheben, um sich notfalls vor Bomben und Maschinengewehrsalven in Sicherheit zu bringen. Es fällt mir schwer, mir Lucie in der Schule mit einer Schaufel in der Hand und Angst im Bauch vorzustellen, das Leben müsste den Kindern einen Schutzraum gewähren, doch selbst sie waren mit der Gewalt konfrontiert und mussten dem Krieg Tribut zollen. Im Juni wimmelte es auf den Straßen von Menschen, die vor der deutschen Invasion flüchteten. Mein Großvater und seine Mutter gingen fünfzig Kilometer zu Fuß und schoben einen klapprigen Kinderwagen vor sich her, auf dem sie das Allernotwendigste mitnahmen. Sie flüchteten in einen abgelegenen Weiler in der Bretagne, wo ihre Familie einen alten Bauernhof besaß. Als Frankreich unter die ausländische Besatzung fiel, ging mein Großvater mit einem Cousin nach Auray. In der Stadt sahen sie feindliche Panzer. Die verstummten Einwohner mussten mit ansehen, wie die deutschen Soldaten die offiziellen Gebäude besetzten und durch die Straßen patrouillierten. Es herrschte ein Klima der Erstarrung. Den Vater seines Cousins, der im großen Krieg von 1914 bis 1918 gewesen und als Kriegsversehrter heimgekehrt war, nahmen diese Ereignisse so mit, dass er sechs Monate später starb.

Manchmal ist uns nicht nach reden, dann schweigen wir, und ich schreibe, während er werkelt. Mir ist nicht ganz wohl beim Gedanken an den herannahenden Sommer; wenn die Kinder Ferien haben, wird der Alte nicht mehr kommen können. Wird er es überleben, allein in seinem Altersheim, fern seiner Werkzeuge, seiner Heckenschere und seiner Rosen?

Er leiht sich meine Romane aus, um sie am Abend zu lesen.

»Immer noch besser als der Unsinn, der im Fernsehen kommt.«

Er ist überrascht, er hätte nicht gedacht, dass ich über so etwas schreiben würde, über düstere Dinge, an der Grenze zum Fantastischen. Eines Tages, nachdem er seinen Bonsai umgepflanzt hat und sich die Hände wäscht, fragt er mich unvermittelt:

»Hatten Sie schon mal den Wunsch, jemanden umzubringen?«

Sein etwas barscher Ton lässt mich erstarren. Ich überlege.

»Vielleicht ja, als ich noch klein war, um Ruhe zu haben. Heimlich. Oder um meine Mutter zu beschützen.«

»War sie in Gefahr?«

»Manchmal schon.«

Er mustert mich mit seinen ernsten grauen Augen, die so gequält aussehen wie die von van Gogh, bevor er sich wieder anderen Dingen zuwendet.

15

Wir machen uns gerade fertig, um ins Kino zu gehen, Damien und ich, die Babysitterin ist schon da, doch Lucie will uns nicht gehen lassen. Dabei sind es nur ein paar Stunden, andere Kinder machen da kein Theater, aber kaum sind wir an der Tür, bekommt sie Panik. Sie glaubt, wir kämen nicht wieder, und klammert sich an uns. Sie war schon immer sehr anhänglich und mochte es nicht, wenn wir weggingen, doch seit unserem Umzug ist es noch schlimmer geworden.

»Ich will wieder nach Paris, ich will mein altes Zimmer wiederhaben, ich mag dieses Haus hier nicht.«

Ich frage sie, warum, und sie sagt, hier gebe es eine Frau, die nachts immer weint. Ich versuche sie zu beruhigen und sage, dass es diese Frau gar nicht gibt, denn sonst würden wir anderen sie ja auch hören.

»Ihr könnt sie nicht hören«, sagt Lucie.

»Nein? Und warum nicht?«

Lucies kummervolles Gesichtchen bricht mir fast das Herz: »Weil sie nur in ihrem Kopf weint.«

Die Zeit wird knapp und Damien nervös. Die Babysitterin wundert sich, sie erkennt das lebhafte und lustige kleine Mädchen, auf das sie schon öfter aufgepasst hat, nicht wieder, ich sage ihr, Lucie sei müde, die Schule, die Mensa, vielleicht brüte sie auch eine Krankheit aus, sie solle sie früh zu Bett bringen. Sie nickt zustimmend, und um Lucie abzulenken, schlägt sie ihr klugerweise eine Partie Mensch ärgere dich nicht! vor. Unsere Tochter lässt sich überreden und gibt uns ein Abschiedsküsschen.

Ich weiß, dass Lucie ein ängstliches Kind ist. Kaum jemand ahnt, dass sie unter ihrem feurigen Temperament so viel grübelt. Doch es ist das erste Mal, dass sie eine solche Geschichte erfindet. Es war gewiss ein Albtraum, den sie für real hält. In letzter Zeit braucht Lucie mich wieder mehr als früher. Paris fehlt ihr, auch ihre Großeltern, ihr altes Zimmer, die vertrauten Geräusche unserer früheren Wohnung.

Sie mag es nicht, wenn ich meinen Gedanken nachhänge, was leider öfter vorkommt. Dann denke ich über den Roman nach, den ich gerade schreibe, über Bücher, die ich gerade lese, oder ich bin müde und verzettle mich beim Denken. Lucie merkt es genau, wenn ich nur körperlich anwesend bin, Kinder spüren, ob Eltern ihnen ihre ganze oder nur ihre halbe Aufmerksamkeit schenken, wenn diese mit ihren Gedanken abgelenkt oder nervös sind, auch wenn sie alles tun, um es zu verbergen. Kinder saugen unsere Zweifel, unsere Ängste, unseren Zorn in sich auf. Manchmal wird Lucie wütend und fordert, ich solle wiederholen, was sie gesagt hat, sie wirft mir vor, ich sei in Gedanken ganz woanders.

Plötzlich mache ich mir schreckliche Vorwürfe. Diese Albträume von der weinenden Frau – das muss meine Schuld sein, ich gebe ihr als Mutter nicht die nötige Geborgenheit und Sicherheit. Ihr Unbewusstes flüstert ihr ein, dass ich sie nicht genug liebe, dass ich mich häufig in unzugängliche Gefilde flüchte, aus denen ich womöglich nicht mehr zurückkehre. Ja, sie spürt in mir diesen heimlichen und häufig auftauchenden Wunsch, in eine ruhigere und strahlendere Welt abzugleiten. Meine Kinder verankern mich im Leben, vielleicht war das einer der Gründe, warum ich sie unbedingt haben wollte, um mich an etwas Wesentlichem festhalten zu können, mich geliebt zu fühlen, weil ich so bin wie ich bin, trotz meiner Fehler, um bis ans Ende meiner Tage intensiv zu lieben und daraus die Kraft zu schöpfen, in diesem künstlichen Universum zu bleiben.

Wir kommen im Kino an, Damien klagt über seine Arbeit, doch ich höre ihm nicht zu. Was stimmt nicht mit mir? Ich habe das Gefühl, mich auf einer Theaterbühne zu bewegen, in einer Welt aus Pappmaché, außerhalb derer es eine Wahrheit gibt, die uns entgeht. All das habe ich Lucie natürlich nie gesagt, ich spüre es selbst nur vage und habe es nie in Worte gefasst, doch ein Teil von ihr weiß es, ohne dass ich sagen könnte, *wie*, und sie beschützt mich, holt mich mit aller Kraft zurück, mit ihren kleinen Händen, schüttelt mich am Arm, wenn ich wieder einmal abdrifte.

Wir haben einen sehr schönen Film gesehen, *Die unerschütterliche Liebe der Suzanne*, mit Sara Forestier, der mich zutiefst berührt hat. Als wir wieder nach Hause kamen, schliefen beide Kinder tief und fest.

16

Am nächsten Tag kommt Guy nicht, und das ist mir ganz recht. Die Affäre Pistorius hat mich sehr aufgewühlt, ich brauche einen ruhigen Tag, um alle Artikel über den Prozess zu lesen. Oscar Pistorius ist ein südafrikanischer Leichtathlet, der bei den Paralympics mehrmals Gold geholt hat. Er trägt den Spitznamen *Blade Runner*, denn er rennt auf Prothesen aus kohlenstoffverstärktem Kunststoff. Schon in frühester Kindheit mussten seine Beine unterhalb der Knie amputiert werden. Er scheint einen schwierigen Charakter – ja, eine Verhaltensstörung – zu haben, denn er bezeichnet es immer als Skandal, wenn ein anderer Sprinter ihm – angeblich wegen größerer Prothesen – den Sieg wegschnappt.

Eines Abends streitet er mit seiner Freundin, sie flüchtet vor seinem Zorn in die Toilette und schließt sich ein, er läuft ihr mit einer Waffe nach und schießt vier Mal durch die geschlossene Tür. Die Nachbarn hören die Frau zwischen den einzelnen Schüssen schreien, bevor sie stirbt. Er aber beteuert seine Unschuld und behauptet, es sei ganz anders gewesen. Er spricht von einem Irrtum, er habe nicht gewusst, dass *sie* hinter der Tür war, er habe gedacht, es sei ein Einbrecher. Angeblich habe er nicht überprüft, ob Reeva noch bei ihm im Bett lag, als er den verdächtigen Geräuschen nachgegangen ist.

Seine Version kam mir von Anfang an unglaubwürdig vor, und ich hätte nicht gedacht, dass sie länger als eine Woche im Raum stehen würde. Sie war dermaßen plump und absurd, dass er sie widerrufen und sein schlechtes Gewissen ihn zu einem Geständnis drängen müsste. Aber nein, der Prozess dauert jetzt schon Monate, Pistorius widerspricht sich manchmal; auf Reevas Handy findet man Nachrichten, in denen sie schreibt, dass er ihr manchmal Angst mache; Freunde bestätigen, dass er schnell den Finger am Abzug habe, doch er streitet weiterhin alles ab.

Er hat mit Munition namens »Zombie Stopper« geschossen, Kugeln, die im Körper der Zielperson explodieren und enorme Schäden anrichten; im Prozess hat er behauptet, gar nicht zu wissen, dass es so etwas gibt, doch dann wird ein Video gezeigt, am Vortag des Verbrechens gedreht, in dem er lachend auf eine Wassermelone schießt, die explodiert, und er dann sagt: »*It's like a Zombie stopper.*«

Bei ihrem Streit hat er nicht reagiert wie ein Mensch, der sich im Griff hat. Der würde, um sich wieder abzuregen, aus dem Haus gehen, sich in Schweigen hüllen oder beleidigend, aber keinesfalls handgreiflich werden. Nein, er hat die Nerven verloren und geschossen, genau vier Mal, bis er sein Opfer nicht mehr schreien hörte, und auf diese Weise hat er innerhalb weniger Sekunden nicht nur sein eigenes Leben zerstört, sondern auch das der Frau, die er liebte.

Die Verteidigung beschreibt ihn als ängstliche und paranoide Persönlichkeit, dadurch bedingt, dass er von Kind an »anders« war. Um sein Handicap zu kompensieren, hat er sich mit Leib und Seele dem Laufen verschrieben und wurde schließlich Weltrekordhalter bei den Paralympics. Doch das hat ihm nicht gereicht, er wollte mit den Nichtbehinderten laufen, den Champions, die er bewunderte, er wollte nicht in eine Schublade gesteckt werden, mit zweitklassigen, weil weniger medienwirksamen Meisterschaften, kurzum: Er wollte an den klassischen und allgemein anerkannten Wettkämpfen teilnehmen. Er hat alles darangesetzt und ist bis vor den internationalen Sportgerichtshof gegangen – mit Erfolg. Er ist der erste beidseitig beinamputierte Sportler, der zunächst an den Weltmeisterschaften und dann, kurz vor diesem Mord, mit Nichtbehinderten an den Olympischen Spielen teilgenommen hat.

Er hat Elan besessen, Aggressivität und einen enormen Ehrgeiz, über sich hinauszuwachsen und allen zu beweisen, dass er Nichtbehinderten keineswegs unterlegen ist. Doch die Angst vor Ablehnung sowie eine gute Portion Egozentrik haben ihn sowohl in seinen Liebesbeziehungen als auch bei Wettkämpfen eifersüchtig und empfindlich werden lassen. Mit einer Feuerwaffe in der Hand fühlte er sich offenbar stärker.

Er weint während des Prozesses, in den Filmaufnahmen wirkt er verzweifelt, niedergeschlagen, er hält den Kopf zwischen den Händen, soll angeblich an Depressionen leiden und selbstmordgefährdet sein. Aber er gesteht nicht. Der Staatsanwalt weist auf seine Lügen hin, seine Widersprüche, seine Neigung zu Gewalttätigkeiten. Ihm drohen bis zu fünfundzwanzig Jahre Haft. Doch es würde genügen, *einen* vernünftigen Zweifel bei der Richterin zu säen, die das Urteil sprechen muss, um ihn zu entlasten, das weiß sein Anwalt, und er plädiert auf Unfall. Dieser leise Zweifel ist in meinen Augen nicht unbegründet, ich halte Pistorius zwar zu fünfundneunzig Prozent für schuldig, aber kann man komplett ausschließen, dass er tatsächlich geglaubt hat, auf einen Einbrecher in der Toilette zu schießen, in der Nacht, als er von Geräuschen geweckt worden ist und ihn die Panik überfallen hat? Einbrecher waren seine Horrorvorstellung, in diesem Land, in dem es so viel Gewalt gibt.

 Pistorius kämpft gegen seine inneren Dämonen an, gegen sein Gewissen, er vereinsamt zunehmend, hat vor Kurzem sein Haus verkauft, das Haus, in dem das Verbrechen stattgefunden hat – oder der bedauerliche Unfall –, um die Anwaltskosten bezahlen zu können, er versucht, die öffentliche Meinung für sich zu gewinnen, postet in den sozialen Netzwerken Bibelpassagen und Fotos von sich mit Kindern, die unter der gleichen Krankheit leiden wie er und von ihm unterstützt werden.

Ein fataler Blutrausch, und obwohl er eben noch ein Idol seines Landes war, ist für ihn mit einem Schlag alles zu Ende, fortan wird ein schwarzer Schleier über seinem Leben liegen. Bis vor Kurzem war er ein gefeierter Champion, ein Nationalheld – und nun hat er alles verloren. Ich muss gestehen, dass mich dieser Fall ungemein fasziniert, und ich bin sehr gespannt auf das Urteil der Richterin.

17

Seit dem Tod seines Vaters hat Guy das Gefühl, dass Gewalt latent immer da und überall möglich ist, verborgen in jedem von uns, und dass sich weder Heldentum noch das Leben an sich jemals lohnen. Was nützt es zu lieben, wenn man den anderen jederzeit verlieren kann? Deshalb hat er seine Freizeit meist unter der Erde verbracht, denn wenn man sich tot stellt, denkt man nicht mehr, fühlt nicht mehr, zittert nicht mehr um die, die man liebt. Er verschanzte sich im Keller, um die Ängste und Bilder zu verdrängen, die immer wieder in ihm hochstiegen. Durch seinen Abstand zu den Lebenden glaubte er sich weniger empfänglich für ihre Sorgen; wenn er Distanz hielt, würde es ihm weniger ausmachen, verlassen zu werden, doch genau das widerfuhr ihm trotz allem, und zwar gleich dreifach, von allen Frauen in seinem Leben, denn es passiert erst recht und vor allem, wenn man Angst davor hat. Das hatte begonnen, als er noch ein Kind war, und es gab keinen Grund, warum es hätte aufhören sollen.

Wenn er mit mir spricht, schieben sich die Gesichter meines Vaters und meines Großvaters vor das seine. Ist es ein Zufall, dass ich einen Mann getroffen habe, der ihnen so ähnlich ist? Hinter den unüberwindbaren Mauern der Wut und der Einsamkeit diese große Verletzlichkeit.

Er riecht nach Tabak und Kaffee, den Hobelspänen und dem Leder, das er bearbeitet. Mein Vater dagegen ging allzu verschwenderisch mit Rasierwasser um, mir wurde fast schlecht davon, er lutschte Pfefferminzbonbons, um die anderen glauben zu machen, dass alles in Ordnung sei, doch die ließen sich nicht so leicht hinters Licht führen.

Er hat im Keller gerade ein Brett zersägt und abgeschliffen, aus Buchenholz, um das Plastikteil hinter der Spüle zu ersetzen, das seiner Meinung nach eine Schande ist, und als er wieder heraufkommt, hat er seine Schutzbrille noch auf. Ich verkneife mir ein Grinsen, als ich ihn mit seiner Tauchermaske, den weißen Haaren, der alten Strickweste und mit gekrümmtem Rücken wieder auftauchen sehe. Er setzt sich und verkündet, das Brett sei fast fertig, er müsse es nur noch imprägnieren und fertig. Dann fügt er hinzu, ich müsse aufhören, so viel Zeug im Supermarkt zu kaufen, doch ich spüre, dass er mich nur der Form halber rügt, sein Ton ist nicht streng, sein Blick ist traurig und abwesend. Als ich ihn frage, ob alles in Ordnung sei, muss er blinzeln. Und plötzlich sprudeln die Worte nur so aus ihm heraus, als sei ein Damm in ihm gebrochen. Er sagt, er halte es kaum noch aus, er begreife jetzt, warum er alles verloren habe, selbst sein Haus. Er trauere seiner Frau nach, jeden Tag, sie fehle ihm ebenso sehr wie seine Töchter, um die er sich nie so gekümmert hat, wie er es eigentlich gewollt hätte. Was ich ihm anvertraut habe, hat offenbar etwas in ihm erschüttert, es war, als würden kleine Hände vorsichtig an sein Herz klopfen.

»Ich habe ihnen nie zugehört, ich war immer auf der Flucht, in mich selbst zurückgezogen, ich wurde schnell unwirsch, und dabei waren sie doch noch Kinder.«

Das Schweigen hüllt uns ein wie dichter Nebel.

Ich weise ihn darauf hin, dass er auch mir anfangs nicht zugehört hat. Er sieht mich überrascht an und fragt, ob ich überhaupt versucht hätte, mit ihm zu reden.

»Oh ja, aber es war, als würde ich gegen eine Wand reden.«

»Ach je«, sagt er seufzend, »ich fürchte, ich werde mich nie ändern.«

Als er mir erzählt, was er alles bedauert, trete ich innerlich von einem Fuß auf den anderen, ich suche die richtigen Worte, besänftigende Worte, um seinen Aufruhr abzumildern, die Traurigkeit in seinem Blick, in seinen langsamen Bewegungen, in seinem gebeugten Gang zu verscheuchen. Ich sage ihm, dass seine Töchter ihn sicher trotzdem lieben, was ich ja gar nicht wissen kann. Liebt man seine Eltern allein schon deshalb, weil sie die Eltern sind? Kann man ganz und gar aufhören, sie zu lieben?

In anderen Momenten empfinde ich seine Gegenwart als anstrengend, vor allem wenn er arrogant tut.

»Noch da?«, wirft er mir beim Eintreten an den Kopf, das nervt auf die Dauer, dieses kleine Spiel, das kein Spiel ist. Mal akzeptiert er mich, dann wieder lehnt er mich ab, er hat Gedächtnislücken, manchmal vergisst er, dass ich verheiratet bin, manchmal nennt er mich Louise, wie seine Schwester, ich korrigiere ihn nicht immer. Ich wundere mich, dass er sein Wohnheim überhaupt verlassen darf, vermute aber, dass er sich heimlich verdrückt, den Fernseher laufen lässt und sich aus seinem Zimmer schleicht. Er ist zu bockig, um sich den Heimregeln zu unterwerfen und sich mit den anderen Bewohnern abzugeben. Seine Töchter kommen ihn nie besuchen.

Zum Schreiben muss ich allein sein, doch ich lauere mit halbem Ohr ständig auf sein Kommen, diese fast täglichen Unterbrechungen rauben mir meine Konzentration. Normalerweise gehe ich nicht mal ans Telefon, wenn ich schreibe, ich tauche komplett in mein Manuskript ein, und nichts darf mich stören.

Wenn ich wegen seines plötzlichen Auftauchens oder seiner schlechten Laune den Faden meiner Romanhandlung verliere, muss ich mich wirklich beherrschen, um nicht den Schlüssel zurückzufordern, ihn anzuschreien, dass es nicht mehr sein Haus sei, er hier nichts mehr zu suchen habe, dass er sich wie die anderen Alten, die im Altersheim geparkt sind, damit begnügen solle, Fotos anzuschauen, Scrabble zu spielen, die auf einem Tablett servierten Mahlzeiten zu essen, einen Ausschnitt des Himmels zu betrachten und sich *Derrick* anzusehen. Ich bin ihm schließlich nichts schuldig, ich bin nicht seine Tochter. Doch ich unterdrücke diese innere Auflehnung, weil er mir leidtut und gleichzeitig Angst macht.

18

Er schimpft auf unser Land, erzählt von Briefen, die er weggeschickt hat und die unbeantwortet bleiben. Was erwartet er? Als ich ihm diese Frage stelle, versteift er sich, seine Hände zittern so sehr, dass er die Heckenschere nicht mehr halten kann, die Wörter entgleiten ihm.

Manchmal sagt er, ich solle ihn allein lassen, er will, dass ich das Haus verlasse, damit es wieder so ist, wie er es kennt; ich erkläre ihm dann mit schwacher und irritierter Stimme, etwas dümmlich, das hier sei inzwischen mein Zuhause. Es fällt mir schwer, ihm zu widersprechen, er hat den gleichen grauen Blick wie mein Großvater, dieselbe Ausstrahlung, seine Autorität als Lehrer, und deshalb kusche ich vor ihm und tue, was er fordert, ich gehe aus dem Haus, um zum Beispiel Brot zu kaufen oder die Zeitung, die ich dann auf einer Bank im Park lese, bevor ich leise wieder ins Haus komme und hoffe, dass ich nicht erneut zurechtgewiesen werde.

Ich würde gern mit Damien darüber reden, doch er ist derzeit so erschöpft, dass er nicht mal merkt, dass sich im Haus einiges verändert hat, kleinere Reparaturen gemacht worden sind. Er geht nur selten in den Keller, sein Beruf nimmt ihn voll und ganz in Anspruch, und abends schläft er vor dem Fernseher fast ein. Doch ich weiß, wie er reagieren würde: Er würde das Schloss auswechseln und den Alten hinauswerfen, während ich nicht den Mut habe, ihn zu verjagen, ich weiß, dass das Haus mehr ihm gehört als mir. Seine Vorfahren haben es gebaut und den Garten bepflanzt, wir sind erst später als Eroberer gekommen, haben ein, zwei Wände durchbrochen und eine große Fensterfront eingebaut, doch nichts von dem hier gehört uns.

Er ruft im Keller schon wieder nach seinem Hund. Das Tier ist schon lange tot, vielleicht ist es sogar im Garten begraben worden. Die Schleifmaschine wird eingeschaltet. Ich denke mir die Rahmenhandlung für meinen neuen Roman aus, ich konnte nicht anders, als mich von ihm inspirieren zu lassen, mein Protagonist ist ein alter Mann, der zwangsweise in ein Altersheim gesteckt worden ist und nun die Familie belästigt, die in sein Haus eingezogen ist. Wer wird wen umbringen?

Guy kommt herauf, er wischt sich den Staub vom Hemd, sagt keinen Ton und geht in den Garten, um sich um die Blumen zu kümmern. Damien ist beeindruckt – das ist das Einzige, was ihm aufgefallen ist –, dass die Rosenbüsche blühen und der Efeu tadellos zurückgeschnitten ist, er glaubt, ich hätte meinen Spaß an Gartenarbeit entdeckt. Ich, die Pariserin, die immer nur in Stadtwohnungen gelebt und nicht mal den Ficus im Wohnzimmer gegossen hat.

Doch im Grunde genieße ich das Gefühl, den Alten heimlich bei uns zu dulden. Ich sage mir, dass er so wenigstens für ein oder zwei Stunden wieder in sein früheres Leben eintauchen kann, das Leben vor dem Zimmer im Wohnheim, vor dem Alter, vor dem Weggang seiner Töchter und dem Tod seiner Tiere. Er lehrt mich die Namen der Blumen, Pfingstrosen, Nelken, Vergissmeinnicht, er bringt mir den Duft der Rosen nahe, erklärt mir, wie man sie unterscheidet, welche Rolle Tiere und Kräuter spielen, um Pestizide zu vermeiden, Maikäfer gegen Blattläuse, Igel gegen Schnecken, Meisen gegen Raupen.

Er erzählt mir von den kleinen Dingen, die sein Leben getaktet haben und ihm Halt gaben, das Geräusch, wenn seine Frau ihren Einkaufskorb auf den Küchentisch stellte, wenn sie vom Markt kam, ihre Stimme, wenn sie rief, sie sei wieder da, die Gerüche aus der Küche: der Braten im Backofen, Zwiebeln, Thymian, Rosmarin-Reis, die Hefte ihrer Schüler, mit roten Anmerkungen, die sie überallhin mitnahm, sogar zum Liegestuhl im Garten und abends ins Bett.

Wenn das Zittern in seine Glieder fährt, glaube ich, die Schatten unter den Augen meines Vaters zu sehen, die auf das Ende eines gelebten Lebens starren. Er nimmt meine Kinder kaum zur Kenntnis, ihre ersten Worte und ihr Lächeln. Sobald er kann, zieht er sich wieder in sein Zimmer zurück. Zwischen seinem Aschenbecher, seinen drei Pfeifen, seinen Zeitungen, seinen Büchern und seinem Fernseher vergeht die Zeit, und nichts bringt seinen Alltag durcheinander. Er denkt an seine Toten und lebt am Rande der Welt. Ich sehe genau, dass er auf das Ende wartet, und manchmal habe ich Angst, wie er zu sein.

Das Haus seines Vaters in der Bretagne hat für ihn dieselbe Bedeutung wie unseres hier für Guy. Als ich noch ein Kind war, war der restaurierte Bauernhof von Wiesen umgeben, auf denen Kühe und Pferde weideten. Mit meinem Fahrrad fuhr ich über die Wege, vorbei am Meer, an den Dolmen, den Schirmkiefern und den stacheligen Hecken voller Brombeeren. Heute gibt es anstelle der meisten Felder nur noch Siedlungen. Die wilden Strände und Dünen haben zum Glück bis heute ihren Charme bewahrt und wurden nicht von Hotels und Terrassenwohnungen überwuchert. Ich liebe den kleinen Hafen, die Crêperies, die Bücherei, die Obstbäume, die das Haus umgeben. Die Gespenster der Vergangenheit, die zwischen uns herumspuken, etwas weniger.

Ich lege mich in seiner Nähe in einen Liegestuhl, mein Hut und meine Sonnenbrille verbergen einen Teil meines Gesichts. Meist stecke ich die Nase in einen Roman. Er liest ebenfalls, Biographien und die Tageszeitung. Wir reden über die Katze. Wir diskutieren über die aktuellen Ereignisse. Er weiß erstaunlich viel, hat einen scharfen, analytischen Geist, aber auch viele Vorurteile. Es ist besser, keine politischen Themen anzuschneiden. Nicht über die Menschen zu reden, die uns regieren, denn da hat er eine feste Meinung, unfähige Politiker gebe es wie Sand am Meer. Als ich noch klein war, haben sich mein Vater und sein Bruder oft bei Tisch gestritten. Sein Bruder war links, er hat an schwierigen Gymnasien der Pariser Banlieue unterrichtet, mein Vater war rechts, die Diskussionen nahmen manchmal unglaubliche Ausmaße an. Vor uns anderen hat er seinen Bruder zwischen Käse und Nachtisch als Blödmann bezeichnet, mein Onkel mit seinem ruhigeren Naturell kam nicht gegen ihn an. Meine Cousinen und ich lächelten uns verlegen zu. Wir wussten, dass die Streitereien nur von kurzer Dauer waren. Als Kinder waren sie ein Herz und eine Seele gewesen. Und wenn sie von den vielen Streichen erzählten, die sie zusammen ausgeheckt hatten, kam ich mir fast wie beim *Kleinen Nick* vor.

Heute reden sie kaum noch miteinander. Ich glaube, dass der jüngere Bruder nicht weiß, wie er mit den Depressionen meines Vaters umgehen soll. Deshalb verschließt er lieber die Augen.

19

Unsere Nächte bleiben weiterhin unruhig. Damien nimmt neuerdings ein Schlafmittel, der Arzt hat ihm versichert, es sei nur vorübergehend. Erschöpfung und wiederholte Nasennebenhöhlenentzündungen hindern ihn daran, konzentriert zu arbeiten, was ihn immer nervöser macht. Ich erkenne ihn kaum noch wieder, wenn er am Abend nach Hause kommt, schon wegen Kleinigkeiten regt er sich über die Kinder auf, und seine Laune ist manchmal so schlecht, dass sich mein Magen verkrampft. Wenn er mit den Nerven am Ende ist, wirft er mir meine unüberlegten Vorschläge vor: Ich sei es doch gewesen, die unbedingt ans Meer ziehen wollte, und ich bin auch schuld am regnerischen Wetter und an den Milben, von denen es in diesem alten Haus wimmelt. Dass Lucie mir ständig damit in den Ohren liegt, dass sie nach Paris zurückwill, macht die Sache nicht besser. Nachts hört sie immer noch die Frau, die »wegen der Tränen in ihrem Kopf« nicht schlafen kann. Ich frage mich, ob es nicht vielleicht die Rufe der Eule in der Zeder sind, die sie im Halbschlaf erschrecken, aber warum assoziiert sie sie mit so traurigen Bildern?

Robin bewegt sich inzwischen auf allen vieren fort, er ist am Abend ängstlich, tagsüber ein neugieriger Lausbub. Er macht sämtliche Schranktüren auf und wieder zu, schnappt sich draußen Zigarettenstummel, die ich ihm wenig später aus dem Mund pulen muss, springt auf den Sesseln herum und auf den Stufen, und wenn er ein offenes Fenster erspäht, zieht er sich blitzschnell hoch. Im Gegensatz zu unserer Tochter ist er ein Schlingel, der sich gern in Gefahr bringt. Er ist schrecklich waghalsig, und das macht mir Sorgen. Einmal ist er aus seinem Hochstuhl gefallen, und mir blieb fast das Herz stehen, als sein Köpfchen auf die Fliesen knallte. Ich erwische ihn immer wieder in den unmöglichsten Situationen, mal hat er den Kopf zwischen den schmiedeeisernen Stäben des Balkongitters eingeklemmt, mal will er die steile Treppe zum Speicher hinaufsteigen, oder ich finde ihn im Schuppen hinten im Garten, wo er mit langen, rostigen Nägeln spielt oder einer Spinne, so groß, dass Lucie schreiend davonlaufen würde.

Wenn ich Guy solche Episoden erzähle, reagiert er normalerweise kaum, deshalb bin ich völlig erstaunt, als er eines Tages plötzlich aktiv wird. Drei Tage lang sehe ich ihn mit einem Eifer, von Angst gefärbt, Lederriemen an den Hochstuhl befestigen, den wir in einem Secondhandladen gekauft haben, er sichert das Geländer im ersten Stock, wo die einzelnen Stäbe zu weit auseinanderstehen, und ich muss ihn daran hindern, einen scheußlichen Draht an den Fensterbrüstungen anzubringen. Im Holzschuppen stellt er die Kästchen mit den Nägeln aufs oberste Regalbrett und entfernt alle Spinnweben.

»Sie werden ja noch besorgter als ich«, sage ich schmunzelnd und etwas ungläubig.

Er zieht die Schultern hoch und rät mir mit ernster Miene, besser auf meinen Sohn aufzupassen:

»Ein Baby ist doch so schutzlos.«

Guys Launen sind sehr schwankend, doch da ich von Kind an mit Wechselbädern und Instabilität konfrontiert war, bin ich daran gewöhnt und ertrage es vermutlich mit größerer Gelassenheit als andere.

Er geht seinen Beschäftigungen nach, schneidet sich eine Scheibe Brot ab, bestreicht sie mit Butter, macht sich einen Kaffee, streift mit seinem Schraubenzieher durch die Räume, setzt sich in sein altes Zimmer und rührt sich nicht mehr vom Fleck. Eine volle Stunde lang ruft er sich vermutlich in Erinnerung, welche Möbel früher hier standen, er sieht die Porzellan-Nippfiguren auf den Kommoden wieder vor sich, die Familienfotos an den Wänden, den Sekretär seiner Frau, den sie immer abgeschlossen hat, wie sie daran saß und Briefe an ihre Schwester in Lannion schrieb oder in ihr Tagebuch, wie jeden Abend, er sieht die Klassenarbeiten, die sie dort für ihre Schüler vorbereitete, und die Tränen, die sie manchmal dort vergoss.

Guy nimmt meine Gegenwart nur zur Kenntnis, wenn er an mir vorbeigeht, wenn mein dampfender Tee seine Aufmerksamkeit erregt, ich sitze konzentriert vor meinem Bildschirm. Mal grüßt er mich, mal ignoriert er mich, und wenn er einen schlechten Tag hat, macht mir sein zorniger Blick Angst:

»Immer noch da? Wann machen Sie sich endlich aus dem Staub?«

Gestern Morgen hat er seine Jägerjacke angezogen und seine Stiefel und ist mit seinem Gewehr, das normalerweise im Keller in der Kommode liegt, aus dem Haus marschiert. Wir hatten gedacht, es wäre längst unbrauchbar geworden. Was hatte er vor? Ohne Auto kam er nicht mehr in den Wald. Am meisten hat mich beunruhigt, dass er seine Patronentasche mitgenommen hatte.

Zwei Stunden später war er wieder da, hat fröhlich vor sich hin gepfiffen und zu meinem Entsetzen eine blutige Ente auf den Tisch geworfen. Das tote Tier ist wenige Zentimeter neben meinem Computer gelandet, Federn sind bis an die Zimmerdecke geflogen.

»Hier, kochen Sie die heute Abend, Ihr Mann wird sich freuen.«

Ich habe das Flügeltier voller Abscheu beäugt und gehofft, dass es nicht aus dem nahen Park stammte, ich habe den kleinen Teich vor mir gesehen, die Bäume, die Schwäne, denen meine Kinder sonntags immer Brotreste zuwerfen. Ich habe es nicht über mich gebracht, den noch warmen Tierkörper anzufassen. Und sobald der alte Mann weg war, habe ich den Kadaver mithilfe meterweiser Küchenrolle in den Abfalleimer geschoben und gehofft, dass Damien ihn nicht riechen würde.

Der Alte kommt nicht mehr jeden Tag wie früher, er wirkt müde, ist schnell außer Atem. Murrend steigt er über die Spielsachen der Kinder hinweg. Seine Bewegungen sind langsamer geworden, er hustet viel, und wenn er nicht mehr kann, blättert er die alten Zeitschriften im Keller durch. Nur sie schaffen es, ein Lächeln auf sein Gesicht zu zaubern.

Im Moment sitzt er über *Der französische Jägersmann* gebeugt, ein verstaubtes Exemplar vom Februar 1955. Auf dem Titelblatt ist die idyllische Zeichnung einer Gams auf einer Frühlingswiese zu sehen, mit Bergen im Hintergrund. Darin geht es um die Veredelung von Apfelbäumen, darum, wie wichtig es für Kinder ist, sich gerade zu halten, und um Zirrhose. Er liest mir einen komischen Auszug vor:

Sportarten und Spielen an der frischen Luft haben wir es zu verdanken, dass wir länger jung bleiben als unsere Vorfahren. Bei Molière waren Männer um die vierzig bereits »Graubärte«, Frauen um die dreißig sahen zu Balzacs Zeiten bereits melancholisch dem Herbst ihres Lebens entgegen. Heute dagegen kann unser Tennisass Jean Borotra mit seinen fünfundfünfzig Jahren noch den Schläger schwingen und es der Jugend zeigen. Und auch wenn das Alter der Frauen weiterhin ein Geheimnis bleibt, können wir mühelos ausrechnen, dass die Karriere dieser oder jener blendend aussehenden Schauspielerin schon vor über einem Vierteljahrhundert begonnen haben muss.

Er reicht mir die Zeitschrift.

»Schauen Sie sich mal die Werbung an, ich war damals zwanzig, die Welt hat sich seither ganz schön verändert, hm?«

Ich studiere die Schwarzweißbilder, die Dauerwellen der Damen, ihre taillierten Kleider mit dem Glockenrock, die Slogans und Produkte, die heute in Secondhandläden vor sich hin vegetieren.

Plattenspieler mit passendem Handkoffer.

Éphédrin-Zäpfchen, die bei kindlichem Bettnässen helfen sollen und deren Wirksamkeit durch »langjährige Erfahrungen belegt« ist.

Der Schnellkochtopf SEB. »Das Kochen ist kein Wettlauf gegen die Zeit mehr«, steht über einem Bild geschrieben: Ein Mann sitzt im Sessel und raucht eine Pfeife, die Zeitung in den Händen, und betrachtet mit einem wohlwollenden Lächeln seine blond ondulierte, elegante Gemahlin, die mit glücklichem Gesicht ihren Schnellkochtopf bewundert.

Ein »Supermittel« namens *Apisérum*, nur in Apotheken erhältlich, das in Wirklichkeit nichts anderes als Gelée Royale ist. »Mein Mann hat jetzt wieder mehr Energie, er ist ausgeglichener … Ich kann steile Straßen hinaufgehen, ohne außer Atem zu kommen … Mit ihren 78 Jahren ist sie noch voller Schwung, hat lebhafte Augen und einen frischen Teint.«

 In den darauffolgenden Tagen verbringen wir unsere Pausen gemeinsam, wir setzen uns mit einem Glas Traubensaft in den Garten und sehen den Stapel *Der französische Jägersmann* durch. Wenn einer von uns eine besonders lustige Heiratsanzeige entdeckt, lesen wir sie einander in spöttischem Ton vor, und ich habe den Eindruck, dass wir in diesen Momenten der Leichtigkeit aus dem diffusen Traum treten, in dem wir sonst stecken und dem wir uns durch Schreiben oder Handwerken zu entziehen versuchen; in diesen geteilten Momenten sind wir in einer lebendigeren, einfacheren und fröhlicheren Realität.

Junge Frau, heiteres Naturell, sanftmütig und fleißig, hätte Interesse an einem älteren Herrn ohne Familie, liebevolle Zuwendung.

Ehemann gesucht für meine Tochter, guter Leumund, möglichst Apotheker, 34-40 Jahre alt, der ohne finanzielle Einlage eine Apotheke im Raum Paris übernehmen könnte.

Krankenschwester, 52, aus einfachen Verhältnissen und ohne Vermögen, wünscht sich einen zärtlichen Gefährten, einsam, gerne auch gebrechlich, sofern gutsituiert (50- bis 60 000 Francs im Monat), vorzugsweise aus Lyon oder Grenoble.

Geschäftsfrau, verwitwet, Jahreseinkommen 2 Mio., sucht kultivierten Herrn zwischen 55 und 65. Geschieden zwecklos.

Industrieller sucht Ehemann für seine Tochter, 25 Jahre alt, gute Mitgift, höhere Schulbildung. Passend wäre ein junger Mann aus guter Familie, katholisch, aus adäquaten Verhältnissen stammend.

Eines Nachmittags reicht er mir zum Abschied die Hand, und es ist das erste Mal, dass ich seine trockene und etwas schwielige Haut spüre, die Blasen an den Fingerspitzen. Dabei schiebt er mir etwas Weiches, Warmes in die Hand und geht dann fort, ohne Auf Wiedersehen zu sagen. Ich bin so überrascht, dass ich ganz vergesse, mich zu bedanken. Als ich die Hand öffne, entdecke ich eine aus Lederresten zusammengenähte Rose, sie hat seinen Geruch, und die Blütenblätter liegen mit einer solchen Zartheit aneinander, dass mir fast die Tränen kommen.

20

Guy blieb im Garten, als ein Regenschauer die Blätter der Bäume nass machte und auch die Wäsche auf der Leine. Normalerweise liebe ich es, das Wasser über das Dach und die Fensterscheiben rieseln zu hören, während ich schreibe, doch weil er noch im Freien war, machte mich diese Sintflut nervös. Ich versuchte, ihn zum Hereinkommen zu überreden, doch er wollte nicht auf mich hören.

Er bekam Hustenanfälle, die nicht mehr aufhören wollten und so lang und zerreißend waren, dass ich mich fragte, ob er nicht etwas übertrieb.

Er baute Vogelhäuschen und hängte sie an die Äste der Zeder. Meiner Familie erzählte ich, ich hätte sie bei Weldom gekauft, und die Kinder freuten sich sehr. Er sammelte die Schnecken ein, die sich auf den Weg zwischen Haus und Schuppen verirrt hatten, um sie am Fuß der Mauer in Sicherheit zu bringen.

Wie oft habe ich ihn besorgt gesehen, missmutig, unbeweglich vor den Hortensien stehend, deren Blätter sich in den letzten Monaten schwarz verfärbt hatten.

»Schildläuse.«

Er sprach davon, die Pflanzen retten zu wollen, während Damien sich überlegte, sie durch neue Büsche zu ersetzen.

Eines Morgens, kurz nachdem die Kinder weg waren, kam der Alte ins Haus, hängte seine Baskenmütze an ihren Haken und schlappte mit Filzpantoffeln durchs Wohnzimmer. Er hatte die Hände auf dem Rücken verschränkt, wich meinem Blick aus und ging müden Schrittes zum Keller. Was sich die Passanten wohl gedacht haben, als sie ihn so durch die Straßen gehen sahen? Immerhin passten wir jetzt gut zusammen, denn ich schrieb in meinem Fellsocken, ich hatte gern warme Füße beim Schreiben.

»Danke für die Rose«, rief ich ihm nach, bevor er im dunklen Treppenschacht verschwand. Er schlug die Tür hinter sich zu, und ich weiß nicht, ob er mich gehört hatte.

Er hatte meine Romane noch einmal gelesen, das war sein Heilmittel gegen die Langeweile, gegen die quälend langsam vergehenden Stunden in dem weißen Wohnheim, umgeben von Tannen und tief hängenden Ästen. Dort könne man nichts machen, erzählte er mir, er würde wie ein Kranker behandelt, der den Großteil seiner geistigen Fähigkeiten eingebüßt hätte. Seine jüngere Tochter rief einmal pro Woche an, die ältere nie.

Eines Tages, als wir mit einem frischen Traubensaft im Garten saßen, fragte er mich, warum ich nicht wie andere Frauen »Schmonzetten« schreibe. Es sei das erste Mal, dass er es mit einem Schriftsteller und dann auch noch mit einer Frau zu tun habe: »Oder heißt es Autor?«

Seiner Meinung nach schrieben Frauen zu kitschig, nicht genau genug und überzeugend. Die wichtigsten literarischen Werke seien von Männern geschrieben worden, behauptete er. Er nannte Zola, Maupassant, Camus, ich konterte mit Duras, Colette und Sagan, er machte ein skeptisches Gesicht und wischte diese Namen mit einer abfälligen Handbewegung beiseite.

Als er aber sah, wie irritiert ich war, fügte er noch hinzu:

»Nein, für eine Frau schreiben Sie gar nicht schlecht.«

Er wollte, dass ich an einer Rose rieche, die gerade frisch erblüht war, doch ich war noch so verletzt über seine Bemerkungen, dass ich keine Lust hatte, mich am Duft irgendwelcher Blumen zu ergötzen.

Er bemerkte meinen Missmut, denn er setzte sich wieder zu mir und wechselte das Thema.

»Haben Sie manchmal das Gefühl, dass das, was Sie schreiben, von woanders herkommt?«

»Wie meinen Sie das?«

»Wenn Schriftsteller gefragt werden, woher sie ihre Inspiration haben, erzählen sie oft von ihrem Alltag, ihren Begegnungen, der Vergangenheit, irgendwelchen Traumata, Liebeskummer, eben den klassischen Dingen, während andere behaupten, nicht zu wissen, woher ihre Ideen kommen. Als wenn sie unter einem fremden Einfluss stünden.«

»Woran denken Sie da? Eine unbewusste Verbindung mit … mit einem Geist, der sie inspiriert?«

»Ich weiß nicht, vielleicht.«

Ich musterte ihn erstaunt.

»Jetzt sagen Sie bloß nicht, Sie interessieren sich für solche Dinge!«

»Ach was.«

»Aber ein bisschen glauben Sie schon daran?«

»Ich stelle mir Fragen. Wenn man sagt, ein Maler oder ein Schriftsteller sei ›inspiriert‹, dann ist das schon mysteriös, doch die Leute akzeptieren es, ohne groß Fragen zu stellen.«

Ich konnte wirklich nicht erklären, woher ich gewisse Ideen hatte, ich schrieb sie meiner Phantasie zu. Diese schöpferische

 Trance kennen vermutlich alle Künstler, sie fallen aus Zeit und Raum, sind geistig abwesend, in einer Mischung aus Euphorie und äußerster Konzentration.

Ich machte ein amüsiertes Gesicht.

»Falls dem tatsächlich so ist, dann hoffe ich, dass Apollinaire über mich wacht. Aber das würde mich ehrlich gesagt überraschen, ich stehe vermutlich unter der Fuchtel eines erfolglosen toten Schriftstellers oder – schlimmer noch – einer erfolglosen Schriftstellerin, deren Werke kitschig und glanzlos waren.«

Er konnte ein raues Lachen nicht zurückhalten, das jedoch rasch in einen hohl klingenden Husten umschlug.

»Ich hätte Ihre Bücher kein zweites Mal gelesen, wenn sie schlecht wären, doch eine Sache verstört mich. In Ihren Büchern kommen nur Paare vor, die sich zerfleischen, Enttäuschungen, falsche Versprechungen. Dann und wann wird es licht, es gibt eine gute Tat, ein Aufblitzen von Unschuld, doch diese positiven Dinge werden rasch wieder von der Niedertracht der Figuren aufgesaugt.«

»Ich weiß nicht, ganz einfache Liebesgeschichten interessieren mich nicht, mich zieht es eher zu den Abgründen, dorthin, wo sich unsere Ängste und unterdrückten Triebe tummeln, unsere Verletzungen; ich möchte das Unbewusste ausloten und herausfinden, zu welchen Handlungen es führen kann.«

Er schien mich zu verstehen. Auch er hätte bestimmt keine »Schmonzetten« geschrieben, wenn er das Schreiben beherrscht hätte. Seine Unfähigkeit zu lieben hat er immer als Handicap betrachtet. Seine Schwester hatte ihm seine Frau vorgestellt, sie waren Lehrerinnen an derselben Schule, und daraufhin heirateten sie. Er war quasi über sie gestolpert, doch es hätte genauso gut eine andere sein können. Es war keine heiße Liebe gewesen, er hatte ihr nie groß den Hof gemacht. Leidenschaft, Sehnsucht und Verlangen, Eifersucht – derlei intensive Gefühle hatte er nie verspürt. Er war nicht bereit gewesen, seinen Alltag umzukrempeln oder seine Gewohnheiten aufzugeben, also zog sie zu ihm in dieses Haus. Dabei wäre ihr eine neutrale Wohnung lieber gewesen, um dort eine Familie zu gründen, statt mit ihm, seiner Mutter und seiner Schwester im selben Haus zu wohnen, auch wenn sie mit seiner Schwester befreundet war.

Das Gewicht der vorherigen Generationen drückte sie nieder, sie konnte das Haus nicht nach ihrem Geschmack ausstatten, alles war bereits vorhanden, jedes Ding seit Jahrzehnten an seinem Platz, die Vasen, die Bilder, das Geschirr, die Wandteppiche, die bestickten Kissen, die bleischweren Zierdeckchen unter den Aschenbechern. Mutter und Schwester zogen sich zurück, als sich das erste Kind ankündigte, und ließen die junge Frau inmitten eines Jahrhunderts aus Erinnerungen, sorgsam aufeinandergeschichteten Steinen, Schweiß, Tränen und Geburten zurück, die nicht die ihren waren und die ihren Ehemann mit jedem Tag ein bisschen mehr unter sich begruben.

Er wollte nicht als Einzelgänger enden, dazu fühlte er sich nicht in der Lage, er spürte deutlich, dass ihn seine Schwermut und sein Vater in große Tiefen hinunterzogen und dass er um sich herum so etwas wie ein normales Leben erschaffen musste, um daran teilhaben zu können. Gefühle zu zeigen kam natürlich nicht mehr infrage. Menschen, die man liebt, sterben alle irgendwann, das hatte er bereits als Zehnjähriger erfahren, und um diesen Kummer zu überwinden, hatte er lernen müssen, sich nur auf sich selbst zu verlassen.

Seine Frau war ein fröhlicher, neugieriger und romantischer Mensch gewesen. Sie wurde von ihren Schülern geliebt, die ihr am Ende jedes Schuljahres Blumen, Schals und Gedichte schenkten. Er dagegen war der Bär, der sich in seine Höhle zurückgezogen hatte, die er nur verließ, wenn der Hunger ihn hinaustrieb. Sie hatte sich das eheliche Zusammenleben anders vorgestellt. Ihre Fröhlichkeit erlosch nach und nach. Ihre erfrischende Spontaneität verflog und wurde ersetzt durch Verbitterung und Vorwürfe oder durch feindliches Schweigen, an dem er abprallte wie an einem Panzer.

Der Keller war sein Bunker. Ein Teil von ihm war in diesem Krieg stecken geblieben. Für andere war er nur ein trauriger und zorniger Mann, der an dem hing, was ihm aus seiner Kindheit geblieben war. Er sah seine Töchter einzig aus der Ferne groß werden. Er entwickelte Phobien, es fiel ihm zunehmend schwerer, sein Haus zu verlassen, schon der Gedanke an eine Woche Urlaub woanders machte ihm Angst. Er schämte sich dieser Schwäche, die er keinem erklären konnte oder wollte, er galt als schweigsamer Egomane, obwohl in ihm doch diese Panik war, die immer mehr Besitz von ihm ergriff. Er mied Familienfeste, Treffen aller Art, er wurde immer nervöser, schweigsamer, umgab sich mit einem Elektrozaun.

Dabei hing er im Grunde an seiner Frau, er liebte ihr Lachen, er schätzte durchaus, was sie zusammen aufgebaut hatten. Doch das sprach er nie aus, und es war erschreckend für sie, dieser bodenlose Abgrund, an dem sie entlangbalancierte, dieser augenscheinlich gefühllose Roboter, der sich ständig mit irgendetwas in seinem Keller beschäftigte und den Mund nur aufmachte, wenn diese Wut in ihm – woher sie auch kommen mochte – überkochte. Sie versuchte, ihn zu zähmen, die Barrieren zu überwinden, die er der Welt gegenüber aufgebaut hatte, um die Schätze freizulegen, die in ihm schlummerten. Es gab ein paar ruhigere Phasen und Momente der Freude, zu wenige allerdings, er legte seinen Panzer nie für längere Zeit ab.

Und irgendwann resignierte sie.

Und dann, in einem Anflug von Lebenslust, auf der Schwelle zum Alter, packte sie ein paar Sachen, fast nichts, sammelte ihre letzten Kräfte, ihr erloschenes Lachen und verließ ihn ohne ein Wort.

21

Meine Mutter dagegen ist nie gegangen. Ich habe mich oft gefragt, warum sie blieb, warum sie uns nicht den Beschimpfungen und dem Alkohol entzogen hat. Nach und nach wurde mir klar, dass ihre Passivität zu ihrem Wesen gehörte; als ungewünschte Nachzüglerin geboren, hatte sie schon als kleines Mädchen nie viel zu sagen gehabt, noch heute ist sie fast wie ein Kind, trotz ihrer grauen Haare, ein ängstliches Kind, das sein Leben lang herumkommandiert wurde, von den Eltern, den Geschwistern, ihren Kollegen und von ihrem Mann.

Erstaunlicherweise haben meine Eltern in ihrer ungleichen Beziehung ein Gleichgewicht gefunden. Ich habe den Eindruck, dass sie sich aufrichtig lieben, trotz der Abstiege meines Vaters in die Hölle.

Guy hatte nur zu seinem Haus eine enge Beziehung und zu allem, was ihm das Gefühl gab, seinem Vater nahe zu sein. Mit dessen Gewehr und Tasche ging er sonntags zur Jagd. Seine Töchter und dann auch seine Frau verließen ihn. Und seither stand er allein da. Nun ja, nicht ganz. Ein Haus nimmt alles geduldig hin, sogar die Stimmungsumschwünge seiner Bewohner, ein Haus verlässt einen nicht, es ist der allerletzte Kokon, wenn sonst niemand mehr da ist. Ein Haus kennt uns besser als sonst jemand. Es sieht uns weinen, schimpfen, lachen, denken, träumen, nackt oder bekleidet herumlaufen, es kennt unsere Freunde, unsere Familie, sieht unsere Kinder groß werden und bietet ihnen Schutz. Guys Haus ist alles, was ihm geblieben ist, nachdem die Frauen in seinem Leben davongeflogen waren, eine nach der anderen. Es war sein Schneckenhaus. Sobald er auf der Straße einen seiner Nachbarn auf sich zukommen sah, zog er seine Fühler ein, schloss die Tür und flüchtete sich in sein Refugium.

Anfangs ist Guy auch vor mir geflüchtet, inzwischen sucht er meine Gegenwart geradezu. Sein schlechter Charakter, sagt er, habe alles zerstört. Er fürchtet, dass er ähnlich egoistisch war wie mein Großvater, so nervös und depressiv wie mein Vater. Er bearbeitet mich wie mit einer Spitzhacke, um etwas Hoffnung und Licht zu finden. Er studiert mich wie eine Ratte im Labor, er würde gern meine Wunden freilegen, herausfinden, inwieweit mich das Verhalten meines Vaters beeinflusst und zu der Person gemacht hat, die ich heute bin, welche Auswirkungen es auf meine Entwicklung und mein Seelenleben hatte. Und es ist sein eigenes Verhalten, das er vor Augen hat.

Er stellt mir immer weitere Fragen. Er will wissen, ob ich trotz allem ein unschuldiges und heiteres Kind bleiben konnte. Ich sage, phasenweise schon. In der Schule hatte ich viele Freunde, gute Noten, dort konnte ich meine Sorgen und Probleme eine Zeitlang vergessen. Wie vielen Kindern gelingt es auf diese Weise, die Angst, die sie zu Hause quält, komplett zu verdrängen?

Zu Hause war ich stets auf der Hut. Ein Tag ist mir noch besonders gut in Erinnerung. Ich bin neun Jahre alt, mein Zimmer ist mein Zufluchtsort, ich liebe es, kleine Geschichten und Gedichte zu schreiben, ich denke mir Außerirdische aus, Kinder reisen zu anderen Planeten, kleine Frechdachse rutschen auf Treppengeländern hinunter und scheren sich um nichts. Diese Kinder können fliegen, durch das Weltall sausen, sie steigen in einen Schrank und flugs sind sie weg, sie können unserer Welt jederzeit wieder entfliehen.

Ich träume auf meinem Bett vor mich hin: Wie wäre es, wenn mich eine Tante adoptieren würde und ich bei meinen Cousins leben könnte, unbeschwert, heiter? Aber natürlich wage ich nicht, es vorzuschlagen, das würde meine Mutter verletzen, und im Grunde weiß ich, dass man die Familie nicht einfach wechseln kann.

Trotzdem bin ich in diesem April sehr glücklich, denn ich habe zum Geburtstag ein Geschenk bekommen, dem ich seit Monaten entgegengefiebert habe: eine Schreibmaschine. Ich packe sie aus, meine Mutter freut sich über mein glückliches Gesicht. Sie ist stolz auf meine Gedichte und bewahrt sie in einem Umschlag auf. Doch die Schreibmaschine funktioniert nicht richtig, etwas klemmt. Da kommt mein Vater und versucht, es zu beheben, aber es gelingt ihm nicht, und er – nicht ganz nüchtern – wird zornig. Ich will nicht, dass er meine Schreibmaschine ganz kaputt macht, ich habe sie mir so sehr gewünscht. Meine Mutter bittet ihn, sich wieder zu beruhigen, doch das macht ihn nur noch wütender, er lässt sich nie etwas sagen. Ich stehe wie versteinert da und sehe ihn die Maschine hektisch hin und her schütteln. Die Zeit holt ganz tief Luft. Schließlich wirft er sie auf den Boden. Mit Tränen in den Augen gehe ich auf alle viere, um die abgebrochenen Teile einzusammeln. Ich trage meine neue und schon beschädigte Schreibmaschine in mein Zimmer. Ein paar der Tasten lassen sich nicht mehr reparieren.

In den darauffolgenden Wochen lerne ich, auf ihr zu schreiben, ich kann rot und schwarz tippen, bei einem Gedicht wechsle ich bei jeder neuen Zeile die Farbe, das macht Spaß, doch ich kann mich noch heute daran erinnern, wie weh die Metallstäbchen taten, auf denen keine Tasten mehr waren. Leider waren es Buchstaben, die man sehr häufig braucht. Ich tippe mit zwei Fingern, und nach jedem Schreiben habe ich von den harten Stäbchen Dellen an den Fingerkuppen.

Wenn ich ihn anrufe, sagt mein Vater, mich zu sprechen sei ein Lichtblick für ihn. Früher war er zugemauert in sich selbst, doch heute will er mich wissen lassen, dass er mich liebt. Er fürchtet das Bild, das mein Bruder und ich von ihm haben, von dem Vater, der er war. Als wir das letzte Mal telefoniert haben, hat er zum Abschluss unseres Gesprächs gemeint: »Also, meine Kleine, dein alter Mistkerl von Vater sagt dir adieu.«

Im Restaurant, in das er mich einlädt, als ich ihn in Paris besuche, erzählt er mir von Wilhelm dem Eroberer und seinen Taten und vertraut mir seine eigenen düsteren Gedanken an. Als wir das *Hippopotamus* wieder verlassen, fallen mir die zwei Luftballons in seiner Hand auf, ein gelber und ein roter, und der Kontrast zu seiner Erscheinung als elegant gekleideter Rentner ist zum Lachen, doch ihm ist das egal, und er sagt schmunzelnd: »Für deine Kinder.«

Als mein erster Roman veröffentlicht wurde, ging er jede Woche in seine Stammbuchhandlung, um zu überprüfen, ob das Buch auch immer noch gut sichtbar auf dem Präsentiertisch lag. Am Telefon erzählte er mir, dass er meinen Stapel immer ganz diskret verschoben habe, damit er gut zu sehen war.

Letzten Sommer hatten wir in der Bretagne eine Diskussion über das ewige Gleichgewicht, das es zwischen Vergnügen und

Pflicht zu finden gilt. Sein ganzes Leben war von Leistung und Angst geprägt, und dazwischen war zu wenig Zeit zum Luftholen. Japan, seine glücklichen Jahre, die Reisen auf die Inseln Guam und Saipan, die Kokospalmen, die Tempel und die weißen Sandstrände. Doch dann, mit der Rückkehr nach Paris, gewann der Stress wieder die Oberhand.

Wenig später schickte er mir einen Artikel mit der Überschrift: »Die alten Griechen wussten, wie man das Leben genießt«. Es handelte sich um ein Interview mit dem Philosophen Bertrand Vergely. Mein Vater riet mir, mich davon inspirieren zu lassen, und beendete die beigefügte Karte mit den Worten:

»Finde Dein eigenes Gleichgewicht und das Glück, das es mit sich bringt, ich umarme Dich ganz herzlich, Dein Vater.«

22

Eines Morgens, als ich gerade am Schreiben war, hörte ich einen pfeifenden Husten aus dem Keller. Ich ging hinunter und überraschte Guy dabei, wie er zusammengekrümmt an seiner Werkbank saß, den Kopf zwischen den Armen, neben einem Cutter und Lederabfällen. Seine alten Schultern wurden von Krämpfen geschüttelt. Mein Magen zog sich vor Sorge zusammen, als ich zu ihm ging und ihm behutsam eine Hand auf den Rücken legte. Ich starrte mit Besorgnis auf den Kranz seiner bebenden weißen Haare. Insgeheim rechnete ich damit, er würde sich umdrehen und mir seine Bärenklauen in die Haut schlagen.

Doch er bewegte sich nicht und begann mit erstickter Stimme zu reden.

»Ich habe mich in aller Heimlichkeit nach dem Schicksal meines Vaters erkundigt, denn ich wollte meiner Mutter nicht wehtun. Doch ich wollte alles wissen, das fing schon früh an, mit zwölf oder dreizehn Jahren. Ich wollte wissen, wie es ihm im Gefängnis ergangen war, in allen Einzelheiten, was er dort zu essen bekommen hatte, wie oft er pro Tag geschlagen worden war, auf was für einer Strohmatte er geschlafen hatte, woran er wohl die ganze Zeit gedacht hatte. Ich las Bücher, Zeugenaussagen, ich habe Widerstandskämpfer befragt, die von der Gestapo abgeholt worden und zurückgekommen waren, ich habe sogar den Nachbarn besucht, der zusammengeschlagen worden war. Alles Dinge, die meine Mutter, so niedergeschlagen und verstört, wie sie war, mir nicht erzählen wollte.«

Er begann seine Sätze wie heftige Sturmböen, die Arme auf dem Holztisch überkreuzt. Ich trat einen Schritt zurück, und irgendwann wandte er mir das Gesicht zu, und da sah ich die Tränensäcke unter seinen Augen, die Tränen, die sich in den tiefen Rillen seiner Wangen verfingen, die Trauer in seinem grauen Blick.

»Die Leute der Résistance sind häufig aufgeflogen, weil sie verraten wurden. Franzosen haben Arbeitskameraden ausgeliefert, ihren Zahnarzt, manchmal sogar Mitglieder ihrer eigenen Familie. Als mein Vater festgenommen wurde, am 12. April 1944 – ich werde dieses Datum nie vergessen –, wurde auch unser Haus durchsucht. Ich bin von dem Krach aufgewacht, es war schon spät am Abend. Ich bin aus meinem Zimmer gerannt, und da habe ich die Männer in Uniform und mit schweren Stiefeln gesehen, ihren Waffen und den verdammten Hakenkreuzen am Arm. Sie haben meine Mutter an den Haaren zur Treppe geschleift, ich habe das Poltern gehört, als sie gefallen ist. Sie hat nur ihr Nachthemd angehabt und hat die Männer angefleht, meinen Vater zu verschonen. Ich war vor Angst wie versteinert. Mein Vater hatte ihnen die Tür aufgemacht, ich konnte seine Stimme unten hören, er hat ihnen mehrmals versichert, dass meine Mutter von nichts weiß. Als schließlich die Haustür hinter ihnen zugefallen ist, bin ich in meinem Zimmer ans Fenster gelaufen und habe sie in ihren schwarzen Citroëns davonfahren sehen. Meine Mutter ist allein und völlig verzweifelt zurückgeblieben. Tagelang habe ich kein Wort mehr herausgebracht. Ich war stumm geworden. Wo ich stand und ging, habe ich Hakenkreuze gezeichnet, an die Wände, in meine Hefte, ich habe sie ins Fensterbrett meines Zimmers geritzt, damit habe ich meine Mutter sehr wütend gemacht, doch ich war wie in Trance. Am 17. Mai wurde mein Vater vom Tribunal der Feldkommandantur in Angers zum Tode verurteilt. Als ich wieder einigermaßen zu Sinnen kam, erfuhren wir, dass er exekutiert worden war, zusammen mit anderen Mitgliedern seiner Widerstandstruppe. Sie wurden mit Maschinengewehrsalven niedergemäht, während sie alle zusammen die *Marseillaise* sangen. Bis zu seinem bitteren Ende hat er den Helden gespielt. Dabei hätte ich doch nur einen Vater gebraucht. Meine Mutter hat bei alledem noch Glück im Unglück gehabt. Die Frau eines anderen Widerstandskämpfers aus der Gruppe meines Vaters wurde mit ihrem Mann zusammen in Angers eingesperrt. Sie wurde aber nicht erschossen, sondern deportiert und ist wenig später in Ravensbrück umgekommen.«

Guy muss erst wieder zu Atem kommen, er wendet den Kopf zur Seite und rammt seinen Cutter in ein Holzbrett. Meine Ohren summen, ein Möbelstück knackt, mein Arm juckt, als würden tausend Ameisen darüber krabbeln, und mir ist so heiß, als hätte ich Fieber. »Das ist ja schrecklich, es tut mir so leid.«

»Es tut allen leid«, seufzt er.

»Ihr Vater war ein tapferer Mann.«

»Ja, etwas zu tapfer.«

Ich stelle mir den jungen Widerstandskämpfer vor, er musste bei seiner Hinrichtung ungefähr so alt gewesen sein wie ich heute, ich denke an seine letzten Minuten, als er vor dem Hinrichtungskommando stand, seine letzten Gedanken galten sicher seinen Gefährten, die bei ihm waren und die dasselbe Schicksal erleiden würden, aber auch seiner Frau und seinen Kindern, die er nie mehr wiedersehen würde, Guy, seinem kleinen Sohn, der sicher auf ihn wartete, damit sie wie früher auf die Jagd gehen könnten.

Der alte Mann macht die Tischlampe aus, drückt seinen Zigarettenstummel im Aschenbecher neben dem Kellerfenster aus und murmelt, er müsse jetzt gehen.

23

Die Tränen, die er im Keller vergossen hat, scheinen eine neue Bresche für Wörter geschlagen zu haben, sie kommen ihm von da an immer leichter über die Lippen. Mit einer Zigarette im Mundwinkel bindet er einen prächtig blühenden Rosenzweig hoch.

»Bei den Blumen und bei meinen Tieren habe ich immer eine innere Ruhe empfunden, die ich im Umgang mit meinen Mitmenschen nicht finden konnte. Als Suzanne mich verließ, hat kein Mensch mehr auf mich gewartet, ich habe mich unnütz gefühlt, doch ich hielt durch, weil ich ja meinen Hund und meine Katzen hatte, sie saßen schon hinter der Tür, sie spürten, wann ich nach Hause kam, legten ihren Kopf auf meine Knie und sahen mich zutraulich an. Meine waidwunde Seele hat mich ans Haus gefesselt, mir hat die Kraft gefehlt, die Wunden heilen zu lassen, indem man sich Hals über Kopf ins Leben stürzt, die Liebe zu seiner Familie spürt und die kleinen Freuden des Alltags genießt. Heutzutage gibt es Bücher über diese Symptome, doch wenn man ganz am Boden ist, kann man diese Ratschläge nicht umsetzen, das Herz macht einfach nicht mit. In meiner Realität gab es keine Lichtblicke, nur ein feuchtes Halbdunkel, in dem ich mich wie in Zeitlupe fortbewegte. Als ich erfahren habe, dass mein Vater tot war, habe ich mich ganz in mich zurückgezogen, und als ich versucht habe, mich wieder aufzurichten, war da ein Sog, der mich immer wieder in Abgründe und Schluchten hinunterzog. Nachts bin ich sehr oft aufgewacht und wollte nur noch heulen, ich wollte nach meiner Mutter rufen, aber ich bin ganz ruhig liegen geblieben, sie war ohnehin schon traurig genug, da wollte ich ihr nicht noch zusätzlichen Kummer bereiten. Oft habe ich mein Fenster geöffnet, um die Eule zu hören, deren Ruf den Schrei in mir erstickt hat, der mich fast zerriss. Und dann habe ich die Sterne betrachtet, bis ich wieder eingeschlafen bin, eingehüllt in meine Decke, die für mich die tröstenden Arme ersetzen musste. Im Schlaf habe ich mich immer in einem Labyrinth aus Brombeerhecken und Hakenkreuzen verirrt. Ich habe eine Last mit mir herumgetragen, ein Bündel, das immer schwerer und schwerer geworden ist, mein Ankommen verzögert hat, meine Arme sind immer länger geworden, niemand hat mir geholfen, ich war allein und voller Panik. Nach einer Weile ist das Bündel schwerer geworden als ich selbst, ich habe es losgelassen, es ist auf den Boden gefallen, der Stoff ist aufgerissen, und zum Vorschein kam die Leiche meines Vaters, mit Einschusslöchern übersät, das Hemd in Fetzen. Ich weiß nicht, wie die anderen mit alldem leben, ob sie wie ich auch die ganze Zeit daran denken oder nur phasenweise, ob ihre Albträume verblassen, ob sie die Toten vergessen konnten, die Bombenangriffe und die Folterungen, ob sie ein neues Leben beginnen konnten, ohne sich zu verstellen, ohne wie Roboter zu leben, und ob sie zu echten Gefühlen fähig sind. Ich nahm es meinem Vater sehr übel, dass ihm die Résistance wichtiger war als seine Familie, dass er sich nicht dafür entschieden hatte, lieber uns zu beschützen. Denn was hat es uns gebracht? Die Alliierten haben alles zerbombt, ganze Städte, um die Deutschen aufzuhalten und die Landung der alliierten Truppen vorzubereiten. Die Widerstandskämpfer und ihre kleinen Operationen, die waren ihnen doch gleichgültig, sie waren nichts im Vergleich zu ihren Flugzeugen. Die Widerstandskämpfer hielten sich für Helden, aber das hat nichts genützt. Wenn ich so etwas nach dem Krieg laut gesagt hätte, wäre ich mit Steinen beworfen worden, doch ich bin nach wie vor dieser Meinung, ich bin auf Seiten der Resignierten, der Drückeberger, die das Ende von Konflikten aussitzen. Es wäre mir so viel lieber gewesen, wenn mein Vater feige gewesen wäre und dafür überlebt hätte. Er hatte damals gerade damit begonnen, mir Dinge beizubringen, ich durfte endlich mit ihm zur Jagd gehen, davon hatte ich seit Jahren geträumt, war aber noch zu klein gewesen. Ich durfte auch schon mit in den Keller, ich habe mich auf den Hocker gesetzt und anfangs nur zugeschaut, manchmal einen ganzen Morgen lang, dann hat er mir seine Werkzeuge in die Hände gedrückt und mir gezeigt, wie man kaputte Dinge repariert, wie man Leder und Holz bearbeitet. Das Glück dieser Stunden habe ich nie mehr wiedergefunden. Ich habe meinen Vater bewundert, er war sehr geschickt mit den Händen, er hat die Rosen im Garten geliebt – und sie haben ihn wie einen räudigen Hund erschossen. Danach wollte ich mich nie mehr für irgendetwas einsetzen, für mich bestand der beste Schutz gegen Menschen in Abschottung und Gleichgültigkeit. Die Enthusiasten, die überschwänglich naiven Zeitgenossen, die in den Sechzigerjahren für eine Welt voller Liebe und Frieden gekämpft haben, die Hippies mit ihren langen Haaren, ihren Drogen und ihrem ewigen, spöttischen Lächeln auf den Lippen – um die habe ich einen großen Bogen gemacht, sie waren mir immer suspekt, denn ihre Ideale hatten meinen Vater getötet, und trotz aller Heldentaten war die Welt immer noch weit davon entfernt, ein friedlicher Ort zu sein, denn der Mensch würde immer Mensch bleiben und alle anderen Bemühungen waren vergebens. Ich glaube, wenn ich meinen Vater nicht verloren hätte, wäre heute alles anders, selbst die Luft, die ich atme. Ich würde wissen, was Leidenschaft ist, mein Herz hätte für meine Frau geschlagen, ich hätte ihr schöne Geschenke gemacht und die Versprechungen, auf die sie vergebens gehofft hat. Ich werde bald sterben und habe das traurige Gefühl, dass ich die ganze Schönheit der Welt und das Glück, eine Familie zu haben, nie erfahren habe. Ich war kalt wie ein Fisch, ich habe Befehle und Verbote erteilt wie ein Nazi, und damit habe ich schließlich alle vertrieben, ich war kaum besser als jene, die ich aus ganzem Herzen gehasst habe. Wie viele Nächte mit einem von Sternen übersäten Himmel sind mir eintönig erschienen, obwohl der Himmel noch nie klarer gewesen war? Wie viele von meinen Kindern gemalte Bilder habe ich ignoriert? Wie viele Fortschritte, gute Noten haben bei mir keine Beachtung gefunden? Wie vielen Blicken bin ich ausgewichen?«

»Ich weiß nur, dass Sie meinen Blicken seit einigen Wochen nicht mehr ausweichen.«

Da huscht ein Lächeln über seine Züge, und dieser alte knorrige Baum, an seine einsame Felsklippe gelehnt, wo er darauf wartet, dass das Leben und die Sturmböen vorbeigehen, streckt seine niedergedrückten Zweige aus, als wollte er endlich den Himmel berühren, und seine klaren Augen blicken mich mit einer Zärtlichkeit an, die ich noch nie in ihnen gesehen habe.

24

Sein Hass auf die Nazis hatte jede Chance auf Liebe in ihm erstickt, und wie hätte ausgerechnet ich mit meinem Hang zu überbordenden Gefühlen ihn nicht verstehen sollen? Als Heranwachsende war ich derart gezeichnet von den Büchern und Dokumentarfilmen über den Holocaust, dass ich Deutschland gegenüber keine neutrale Haltung einnehmen konnte. Primo Levis autobiographischer Bericht über seine elfmonatige Internierung im KZ Auschwitz III, *Ist das ein Mensch?*, der Film *Nacht und Nebel* von Alain Resnais. Ohne jemals einen Fuß auf deutschen Boden gesetzt zu haben, hatte ich tief in meinem Herzen Ressentiments gegen dieses Land entwickelt. Ich wollte nie Deutsch lernen. Ich sagte jedem, ob er es hören wollte oder nicht, dass ich diese Sprache rau und hart fände, so hart wie die Verbrechen der Nazis in den Vernichtungslagern, so rau wie Hitler. Meine Mitschüler im Gymnasium fuhren nach Berlin und kamen voller Begeisterung zurück. Ich selbst bereiste Europa – Italien, Spanien, Irland, England, Portugal, Griechenland, Kroatien –, doch um Deutschland habe ich stets einen großen Bogen gemacht.

Als ich erwachsen wurde, lernte ich, etwas differenzierter zu urteilen. Ich begriff, dass Deutschland seine Lektion gelernt hatte, mehr als jedes andere Land, das sich jemals eines Völkermordes schuldig gemacht hatte. Die Deutschen schleppen die von einigen ihrer Vorfahren begangenen Verbrechen wie eine schwere und abstoßende Last mit sich herum, viele von ihnen können die Indoktrinierungen unter Hitler nicht nachvollziehen. Sie erhalten die Konzentrationslager, um gegen das Vergessen anzukämpfen, mitten in Berlin gibt es eine Gedenkstätte für die in Europa ermordeten Juden. Deutschland hat hohe Entschädigungszahlungen an Israel geleistet und zahlt noch heute an die Opfer und ihre Nachfahren. »Die Shoah erfüllt uns Deutsche mit Scham«, sagte Angela Merkel in ihrer Rede vor der Knesset in Jerusalem.

Deutschland bemüht sich, immer friedlicher, ökologischer und demokratischer zu werden.

In Frankreich sind diese Schuldgefühle weniger spürbar, und dabei würden sie doch als Schutzgeländer gegen neue Gräuel dienen. Die Vernichtungsaktionen, an denen wir beteiligt waren, sind heutzutage nur noch ferne und irreale Bilder.

Guy ist der festen Überzeugung, dass kein Verzeihen möglich ist. Niemand hat ihn jemals dafür um Verzeihung gebeten, dass ihm der Vater genommen wurde, niemand hat jemals irgendetwas wiedergutgemacht. Nein, er kann nicht verzeihen.

25

Zwei Tage später geht Guy mit etwas flotteren Schritten durchs Wohnzimmer. In der letzten Nacht haben ihn seine Albträume in Ruhe gelassen, und er ist nur einmal vom Husten aufgewacht. Doch die Nachtruhe hat die Schatten unter seinen Augen nicht ausradiert. Ich frage mich, ob er in seinem Altersheim überhaupt richtig isst. Ich traue ihm zu, dass er seinen Teller wegstößt und sich bei der Pflegekraft beschwert, wie widerlich das Essen sei. Sein ausgemergeltes Gesicht macht mir Sorgen. Ich biete ihm ein Brötchen und einen Kaffee an, doch er macht eine abwehrende Handbewegung.

Er will, dass ich mit ihm in den Garten gehe, er will mir beibringen, wie man die Rosen pflegt. Er setzt mir seinen Strohhut auf, legt seine Gartenschere in meine zaudernden Hände und sagt, ich solle ihm zeigen, wo ich die Rosenbüsche zurückschneiden würde. Damit schüchtert er mich ein, ich habe keine Ahnung, aber dafür Angst, seine Blumen zu ruinieren.

»Zeigen Sie mir nur, an welcher Stelle Sie sie abschneiden werden, diesen Herbst, denn das wird Ihre Aufgabe sein.«

Als ich zögere, erklärt er mir geduldig, in welcher Entfernung zur Knospe ich schneiden und in welchem Winkel ich die Schere halten muss, welche Zweige ich abschneiden oder dranlassen kann. Dann testet er, ob ich die Namen aller Sträucher im Garten kenne, den Rhododendron, die Schumanns Abelien, den Hibiskus. Er erklärt mir genau, wie viel Wasser sie brauchen und wie man sie im Winter vor Frost schützt. Er sagt mir, welchen Dünger ich nehmen soll, rät mir zu Moorbeeterde für manche Pflanzen, die Magnolie zum Beispiel.

 Er erklärt mir alles, was man über den Anbau von aromatischen Kräutern und Gewürzen wissen muss, über Kirschtomaten, die an langen Stangen hinaufwachsen und die, wie er sagt, meinem »kleinen Leckermaul« schmecken würden. Und auch über die Kunst der Ableger und Stecklinge. Während ich also mit Pflanztöpfen hantiere, erzählt er mir von seiner Kindheit. Er ist längst nicht mehr so geizig mit Worten wie am Anfang. Ich sauge seine Beschreibungen unseres Stadtviertels in mich auf, zu Zeiten, als er jung war, und eine ganz andere Welt erwacht vor meinem geistigen Auge zum Leben.

»Damals gab es viele Konservenfabriken, die meisten Einwohner haben dort gearbeitet, sie haben Erbsen, Tomaten und Sellerie in Dosen abgefüllt, das konnte man im Umkreis von Kilometern riechen. Heute stehen hier nur noch neue oder alte Wohnhäuser, ein paar größere Gebäude, aber zu meiner Zeit ist es hier nicht so trist gewesen. Es war viel los, es gab viele kleine Läden, auf den Straßen herrschte ein reges Treiben. Das Geschäft des Tierpräparators haben Sie ja noch mitbekommen, aber es hat auch Cafés gegeben, kleine Lebensmittel- und Fischgeschäfte, einen Kräuterladen, ein Kurzwarengeschäft, eine Drogerie, einen Schuster und einen Frisör, der gejammert hat, er würde wegen Antoine, dem Sänger, der lange Haare salonfähig gemacht hatte, seine ganze Kundschaft verlieren.

›Er ruiniert mir das Geschäft‹, hat er gestöhnt, und wir haben alle gelacht. Als in den Siebzigerjahren die Supermärkte aufkamen, sind diese kleinen Läden nach und nach verschwunden. Vor dem Krieg konnte man hin und wieder Schafherden sehen, sie sind die Straße heruntergekommen und in Richtung Stadtzentrum getrottet. Wenn dann zufällig mal eine Haustür aufstand, sind die Tiere ins Haus, und es war ganz schön viel Arbeit, sie wieder hinauszubekommen! Auf der Grünfläche mit Bäumen in der Nähe des Hauses gab es einen Weiher, und dort haben die Frauen ihre Wäsche gewaschen. Der Weiher wurde trockengelegt und musste einem Parkplatz weichen. Händler mit Backwaren oder Sardinen haben unter den Bäumen gestanden. Und fast jeder hat Hühner in seinem Garten gehalten. Die Straßenhändler sind manchmal ins Haus gekommen, sie haben Hasenfelle verkauft oder angeboten, Geschirr zu reparieren oder Messer zu schleifen. Jeder hier im Viertel hat jeden gekannt, denn man hat sich auf den Plätzen getroffen, um Boule zu spielen, oder in den Cafés. Nach Feierabend haben die Männer bei einer Karaffe Wein zusammengesessen und Karten gespielt. Man hat sich auch viel in den Geschäften getroffen. Die Ladenbesitzer haben über ihren Läden gewohnt und folglich mit zum Viertel gehört, man hat miteinander geplaudert und Witze gemacht. Seit diese kleinen Läden alle geschlossen haben, reden die Leute nicht mehr miteinander, jeder bleibt für sich, sitzt vor seinem Fernseher, und die Alten sind einsam. Die Frau, die die Zeitungen ausgetragen hat, hat sich oft mit meiner Mutter unterhalten. Die Kinder sind mit anderen Kindern zusammen Fahrrad gefahren, das war unsere Hauptbeschäftigung. Die Kurzwarenhändlerin haben wir ›Eselschnauze‹ genannt, wenn Sie sie gekannt hätten, wüssten Sie warum! Wir haben Kaulquappen aus den Tümpeln gefischt, Maikäfer gefangen, die wir in der Bibelstunde wieder frei ließen. Manchmal kam ein kleiner Zirkus auf diesen Platz, mein Vater hat sich die Pferdeäpfel und anderen Dung für unseren Garten geholt. Mit dem Krieg war alles vorbei. Und mein Vater war tot. Doch die Nachbarn haben meine Mutter unterstützt und ihr ein bisschen geholfen, darüber hinwegzukommen. Man war füreinander da. Mit alldem ist es vorbei. Und auch damit ist ein Stück meines Vaters für mich verschwunden.«

Er sieht mich an. Ich schweige.

»Die jungen Leute wissen gar nicht, was sie verloren haben. Sie steigen in ihre Autos und fahren zur Arbeit, ohne ihre Nachbarn zu grüßen. Zum Einkaufen gehen sie in die großen Supermärkte wie Carrefour, dann wieder nach Hause, sie packen ihre Einkäufe aus und verschwinden in ihren Häusern.«

Es versetzt mir einen kleinen Stich, als ich mir vorstelle, wie belebt die heute so ruhigen Straßen einst gewesen sein müssen.

Der Alte bringt die Heckenschere, seine Gartenhandschuhe und die Gießkanne in den Holzschuppen, dann geht er in den Keller. Mit einem alten Buch, einer Art Pflanzenalbum, kommt er wieder herauf, es hat seiner Großmutter gehört, und sie hat schon in ihrer Jugend damit angefangen, gepresste Pflanzen einzukleben. Er trägt es so behutsam wie ein Kleinod. Der Deckel ist aus Leder und kunstvoll verziert: eingeprägte Rosen und ineinandergeschlungene Initialen. Einige der eingeklebten Pflanzen zerfallen zu Staub, und das Papier ist vergilbt, wir wagen es kaum, die Seiten umzublättern, aus Angst, dass sich die Blütenblätter auflösen könnten.

Als er an diesem Nachmittag geht, sagt er mit einem Aufblitzen seiner grauen Augen:

»Sie können für Ihren Sohn die erste Himbeere des Jahres pflücken.«

Ich gehe in den Garten und entdecke das rote Pünktchen an einem Strauch – die erste Himbeere, die er für meinen Sohn hängen ließ.

26

Ich bin unruhig, ich laufe ständig zum Fenster, das zur Straße führt, und kann mich nicht mehr konzentrieren. Wir haben den 22. Juni, Guy war seit zwei Wochen nicht mehr hier. Ist ihm womöglich etwas zugestoßen? Ich schreibe mir alle Altersheime der Stadt heraus und mache mich auf die Suche. Drei Straßen weiter steht, zwischen Wohnblöcken, ein großes weißes Gebäude, das in etwa so aussieht, wie er sein Heim beschrieben hat: traurige Tannen in einem ungepflegten Park, streunende Katzen, farblose Chrysanthemen, und um das Bild abzurunden, hätten nur noch ein paar alte, mit Efeu überwucherte Grabsteine gefehlt.

Ich gehe hinein und nenne der Frau an der Pforte leise und voller Hoffnung Guys Namen. Wenn ich schon mal hier bin, will ich ihn auch besuchen, mir sein Zimmer ansehen und seine mürrische Stimme hören. Ich will seine Jacke über der Stuhllehne sehen, seine Pantoffeln vor dem Bett, seine karierte Baskenmütze an der Garderobe. Doch die Frau schüttelt den Kopf und sagt, hier gebe es niemandem dieses Namens. Frustriert gehe ich wieder von dannen.

Ich warte weiter auf ihn. Ich trinke ja nur Tee, aber morgens mache ich einen Kaffee für ihn, für alle Fälle. Ich lasse den Garderobenhaken im Eingang frei, wo er normalerweise seine Baskenmütze hinhängt. Ab und zu schaffe ich es, mich so weit in meinen neuen Roman zu vertiefen, dass ich ihn ein bisschen vergessen kann, aber dann tritt ein anderer alter Mann an seine

 Stelle, in einer ähnlichen Geschichte, und folglich ist er trotzdem irgendwie da. Letzten Donnerstag habe ich vor lauter Warten sogar vergessen, auf den Markt zu gehen; dabei hatten sich die Kinder Crêpes und Muscheln gewünscht. Ich gehe überhaupt kaum noch aus dem Haus, nicht mal, um Brot zu kaufen, weil ich seinen Besuch nicht verpassen will. Ich sitze im Wohnzimmer, vor meinem Bildschirm, der immer wieder in den Ruhemodus schaltet, und stelle mir alles Mögliche vor. War er eventuell zu langsam und wurde von einem Auto angefahren? Oder wollte sein kummervolles Herz nicht mehr weiterschlagen? Beim kleinsten Geräusch zucke ich zusammen.

Mindestens zweimal am Tag gehe ich in den Keller, um nachzuschauen, ob er nicht vielleicht doch gekommen ist, ohne dass ich es gemerkt habe. Ich weiß, dass ihm alles zuzutrauen ist – mich wochenlang ohne Nachricht sitzen zu lassen oder auch mit schweren Schritten durchs Wohnzimmer und in sein Refugium zu stapfen, ohne mir hallo zu sagen. Um irgendwann wieder hochzukommen und mir einen witzigen Artikel aus einer Ausgabe von *Der französische Jägersmann* vorzulesen. Ich würde ihn so gern mit der Schutzbrille im Licht seiner rostigen alten Lampe über die Werkbank gebeugt sitzen sehen.

Ich gehe in die zwei viel zu niedrigen Kellerräume, die nach ihm riechen, nach Leder, Staub und Leim. Ich glaube sogar Rosenduft wahrzunehmen. Beim letzten Mal hat er eine Holzschatulle restauriert, die noch geöffnet neben seinen Werkzeugen steht.

Ich weiß, er würde es hassen, aber ich krame ein wenig in seinen Sachen herum. Anfangs nur, weil ich gehofft habe, auf die Adresse seines Altersheims zu stoßen. Auf einen Zettel, auf den er eventuell eine kurze Nachricht für mich gekritzelt hat. Auf irgendeine Erklärung, einen Hinweis, wo ich ihn finden kann, oder sonst etwas, das mich beruhigt hätte.

Sein Gewehr liegt noch in der Kommode, ich bin froh, es hier in Sicherheit zu wissen. Eine Blechdose steht zwischen seinen Töpfen mit Pinseln und Dübeln, er muss sie dort aufbewahrt haben. In der Dose sind rund hundert Rezepte, aus Frauenzeitschriften ausgeschnitten, auf kariertes Papier geklebt und mit handschriftlichen Verbesserungen versehen. Die Rezepte seiner Frau für das Wild, das er von der Jagd mitgebracht und sie zubereitet hat.

Mit einiger Mühe schaffe ich es, eine andere Schublade der Kommode aufzuziehen. Sie klemmt. Darin liegen Guys Papiere. Wenn ich oben am Schreiben war, hat mich das Quietschen dieser meist klemmenden Schubladen enorm gestört. Er hat sich oft in seine alten Briefe und offiziellen Schriftstücke vertieft, wie ich jetzt sehe, und wenn er wieder nach oben kam, hatte er immer diesen melancholischen Blick wie van Goghs *Docteur Gachet*.

In einem dicken braunen Umschlag, dessen Klebstoff sich aufgelöst hat, finde ich etwa hundert identische Fotokopien. Über der Zeichnung eines Esels mit Jacke, der am Steuer eines kleinen Cabrios sitzt, steht von Hand geschrieben:

Seien Sie so freundlich, Ihre Schrottkiste anständig zu parken … damit Sie Ihren Mitmenschen nicht auf den Wecker gehen!

Was nützt ein Tiger im Tank, wenn ein ESEL am Steuer sitzt?

Ich muss lachen. Das ist so typisch für den alten Brummbär. Dass Guy diese Zettel vermutlich hinter die Scheibenwischer von falsch geparkten Autos klemmte, hat in diesem Viertel sicher zu seinem Ruf als alter Miesepeter beigetragen. Ich sehe ihn förmlich vor mir, mit einem Gesicht wie Louis de Funès, wie er das Bild eines Auto fahrenden Esels sucht, einen Text dazuschreibt und die Blätter dann im Copyshop vervielfältigt. Wie er dann hinter den Vorhängen nach falsch geparkten Autos Ausschau hält und empört nach draußen rennt, um seine Nachricht unter den Scheibenwischer zu klemmen.

Der Rentner aus dem Nachbarhaus hat Guy etwas näher gekannt. Eines Morgens, als wir ein paar Floskeln ausgetauscht haben, über das Wetter und die Straße, die für Lastwagen eigentlich viel zu schmal ist, bin ich auf den alten Vorbesitzer zu sprechen gekommen. Amüsiert hat sich der Nachbar daran erinnert, wie Guy einmal einem rücksichtslos vor seiner Garage parkenden Auto eine leichte Delle an der Fahrertür verpasst hatte, um dem Fahrer eine Lektion zu erteilen.

»Aber im Grunde war er kein schlechter Kerl«, fügte er noch hinzu.

Und dann verlor er sich in Gedanken und seufzte, wie er es so oft tut. Das alles scheint für ihn so weit weg, Guy, seine Töchter, sein Hund, seine Entrüstung über gewisse Autofahrer. Er selbst merkt, dass er alt wird, und das macht ihm Sorgen. Alle Leute, die er hier in der Straße gekannt hat, sind tot oder in Rente gegangen. Familien mit Kindern haben ihre Häuser übernommen.

»Als ich hierhergezogen bin, war ich der Jüngste im ganzen Viertel, so wie Sie jetzt. Inzwischen bin ich einer der Ältesten.«

In den Tagen darauf setze ich meine Suche im Keller fort.

Ich entdecke dicke Bücher über Dänemark, in einem steht eine Widmung für Guys Mutter auf Dänisch. Das Buch wurde ihr während des Zweiten Weltkriegs zugeschickt. Ich finde auch ein paar Schreibhefte von Guys Töchtern. Über die Seiten hinweg kann man nachverfolgen, wie sich ihre ersten ungelenken Buchstaben zu einfachen, zusammenhängenden Wörtern entwickeln und dann zu der runden, eifrigen Kinderschrift werden.

Ein Regal quillt über mit Büchern der klassischen grünen Kollektion von Kinderbüchern der *Bibliothèque Verte* und Comicheften, zwei Ausgaben von *Sylvain und Sylvette* von 1959, einem Mickey-Maus-Heftchen und Büchern über die *Schlümpfe*, die mit der Zeit verblasst sind. Außerdem Erzählungen über Jagdexpeditionen und Abenteuerromane, die in Indonesien oder im Amazonasgebiet spielen. Guy und sein Vater haben sie wohl im Winter am Kamin gelesen. Ich streiche über die illustrierten Buchdeckel und wische den Staub weg, überfliege einige der vergilbten Seiten.

Ich öffne ein leeres, mit Satin ausgeschlagenes Kästchen, in dem früher sicher mal ein Ring gewesen war. In einem staubigen Glas liegt eine Brosche, die sogar noch ein bisschen glänzt.

Wenn mir kalt wird, setze ich mich auf seinen Stuhl, schlüpfe in seine Strickweste, die er liegengelassen hat, und denke an unsere gemeinsamen Stunden zurück. Es kommt sogar vor, dass ich mit seinem Stift schreibe, inmitten seiner Sachen. Auf den leeren Blättern, die ich in seiner Kommode gefunden habe, schreibe ich ein paar Gedanken nieder: Empfindungen, Dinge, die er gesagt hat, die ich aber nicht mehr lese, während ich weiter auf ihn warte.

27

Jetzt weiß ich, warum er ab und zu in unseren Briefkasten geschaut und sich argwöhnisch erkundigt hat, ob denn nichts für ihn gekommen sei.

»He, Schriftstellerin, Sie machen doch nicht zufällig meine Post auf, oder?«

Die Antwort habe ich in seiner Kommode gefunden. Guy hatte Wiedergutmachung vom Staat beantragt, über sechzig Jahre nach der Exekution von Widerstandskämpfern in Angers, als er längst in einem Alter war, das sein Vater nie erreicht hatte. Ich denke allerdings nicht, dass es ihm – so nahe am Lebensende – um eine finanzielle Entschädigung ging.

Es war sein Schrei in der Nacht.

Ein Verband für Familien von erschossenen Widerstandskämpfern der Résistance hat Guys Antrag bearbeitet, die Jahre sind vergangen, doch es hat sich nichts getan.

Nach Verkündung des Dekrets zur Entschädigung von Waisen, die Opfer der Nazi-Barbarei wurden, haben Sie uns Ihre Unterlagen zur Bearbeitung zugesandt. Einige der Betroffenen haben bis heute noch keine Entschädigung erhalten. In unserer Hauptversammlung wurde beschlossen, gegen diese ungerechte Behandlung vorzugehen und erneut beim zuständigen Staatssekretär im Verteidigungsministerium dahingehend zu intervenieren, dass alle Opfer der Nazi-Gräuel gleich behandelt werden sollen.

Guy wurde aufgefordert, einen Fragebogen auszufüllen, auf dem der Name des Opfers und des Waisen anzugeben war, sowie die Gründe für eine etwaige frühere Ablehnung. Vor allem Bezeichnungen wie »Waise« für einen alten Mann und »Opfer der Nazi-Gräuel« für seinen Vater haben mich betroffen gemacht. Die Einsamkeit und die Brutalität, die sich dahinter verbergen. Der unsägliche Schmerz, den Guy erlitten hat.

Ich habe bei diesem Verband angerufen. Die Sachbearbeiterin hat mir erklärt, dass nur sehr wenige Anträge positiv beschieden worden sind. Das Ministerium verschleppe die Bearbeitung, die Kinder der Opfer sterben, und damit werden Entschädigungszahlungen hinfällig. Die überlebenden Widerstandskämpfer konnten ihre Geschichte erzählen und galten als Helden. Diejenigen aber, die denunziert, festgenommen und hingerichtet worden sind, waren schnell vergessen, mit Ausnahme einiger weniger, die zum Symbol der Résistance erhoben wurden.

In einem Buch über die Geschichte der Gestapo finde ich ein Kapitel mit der Überschrift: »Unerklärliche Milde«. Darin wird geschildert, wie zwei in Frankreich führende Gestapo-Größen, Carl Oberg und Helmut Knochen, 1954 wegen Kriegsverbrechen zum Tode verurteilt, 1958 dann jedoch begnadigt wurden. *Sie konnten nach Deutschland zurückkehren und unbehelligt weiterleben.*

Die Autoren fanden keine schlüssige Erklärung für diese Milde. Diese Seite ist an der oberen Ecke umgeknickt.

Clotaire Moustier wurde post mortem die Médaille de la Résistance verliehen, immerhin ist sein Mut dadurch gewürdigt worden. Doch was Guy für seinen Vater gewollt hat, ging über diese Dankbarkeitsbezeugung hinaus. Angesichts von Clotaires grausamem Schicksal sollte es nach Guys Meinung kein Vergessen und keine Straffreiheit geben.

Unten in einem Wandschrank, hinter Dosen mit Nägeln, finde ich einen kleinen Jagdkalender, der Guys Vater gehört hatte. Die ersten Monate sind ohne Eintrag. Unter den späteren Monaten stehen Angaben in gestochen feiner, altmodischer Handschrift. Ziemlich mysteriös, diese Namen von Städten, Bahnhöfen, ganz eng geschrieben, diskret auf wenigen Seiten, auf denen man nach so vielen leeren Seiten im Mai eigentlich nichts mehr vermuten würde. Nizza, Toulon, Bordeaux, Lyon, Annecy, Fresnay, ein Parcours von Stadt zu Stadt, rund zwanzig, der schließlich wieder in der Bretagne endet. Hat das etwas mit seinen Aktivitäten im Widerstand zu tun? Ging es um Treffen mit Jean Moulin, einem wichtigen Mann der französischen Résistance, von dessen Kampfgeist er sich anstecken ließ? Oder um Erkundungsmissionen, das Sammeln von Informationen?

Guys Vater war Schreiner von Beruf, da wären solche Reisen sicher nicht nötig gewesen. Auf der ersten Seite stehen Vor- und Familienname, Clotaire Moustier, Geburtsdatum und Adresse, also unsere jetzige – das wurde sicher von Guy hinzugefügt, sehr viel später. Seine Schrift ist anders, kindlicher, als hätte er nach dem Tod seines Vaters nie erwachsen werden wollen. Niemals wäre ein Widerstandskämpfer das Risiko eingegangen, seine vollständige Identität preiszugeben, in einem Kalender, in dem er seine streng geheimen Aktivitäten notiert hatte. Auf diese Weise erfahre ich auch, dass Clotaire Moustier wie Damien an einem 17. Juni geboren wurde.

In einem Büchlein von André Chagneau sind zunächst Ratschläge für Jäger aufgeführt, welche Munition für das jeweils angepeilte Tier verwendet werden soll, die Jagdregeln, Informationen über Wild: Rebhühner und Fasane, die nach Ansicht des Autors »das Wild par excellence sind, nicht nur ein erstrebenswertes Ziel für einen guten Gewehrschuss, sondern auch für den Hund am besten zu apportieren und zudem unvergleichlich schmackhaft«.

Ein Kapitel beschäftigt sich mit der »Vernichtung von Füchsen durch Gas oder Gift« und erscheint mir in Anbetracht von Clotaires Tod unvorstellbar zynisch. Das Büchlein endet damit:

Ich möchte diesen kurzen Exkurs über den Fuchs nicht abschließen, ohne an die Menschlichkeit des Jägers zu appellieren. Sollte es nötig sein, ein angeschossenes Tier zu töten, wäre es schändlich, dieses leiden zu lassen, und von daher möchte ich jedem Jünger des heiligen Hubertus ans Herz legen, einem verwundeten Fuchs unverzüglich den Fangschuss zu geben, und falls es sich um ein Muttertier handelt, schleunigst auch den ganzen Wurf zu beseitigen. Grundsätzlich ist jede unnötige Grausamkeit gegenüber dem verletzten oder in der Falle sitzenden Tier zu vermeiden. Es wäre wünschenswert, dass der Mensch aufhört, das wildeste und gefährlichste aller Tiere zu sein. Würde er doch vom Leben der Geschöpfe lernen, die er als minderwertig ansieht! Denn leider gibt es da bisweilen abschreckende Beispiele!

28

Ich habe immer noch nichts von Guy gehört. Im Keller entdecke ich ganze Teile seines Lebens; offizielle Dokumente und Briefe geben mir etwas mehr Aufschluss über das, was er manchmal in ein oder zwei Sätzen zusammengefasst hat.

Vor ihrer Trennung – und ich frage mich, wie lange dieses Trauerspiel gedauert haben mag – kommunizierten Suzanne und Guy nur über Zettel, wie man sie fürs Einkaufen oder für kurze Notizen verwendet. Er hat sie in einer Schublade der Kommode aufgehoben, zusammen mit Briefen seiner Frau. Sie schrieb ihm etwas auf die eine Seite, legte den Zettel auf den Wohnzimmertisch, kehrte dann zu ihrem Tagesablauf zurück und ging Guy aus dem Weg. Er schrieb seine Antwort auf die Rückseite und legte den Zettel wieder auf den Tisch, lesen würde sie ihn später, wenn er nicht mehr im Zimmer war. Zwei Handschriften, doppelte Qual, doppelte Einsamkeit.

Sie: *Mach in Zukunft den Kühlschrank richtig zu, ich will mich nicht dauernd ärgern.*

Er: *Deine ewige Quelle von Ärger ist immerhin ganz nützlich, wenn es darum geht, Deinen Sekretär zu reparieren!*

Sie: *Ich lege mich hin, möglichst keinen Krach machen.*

Er: *Würde es Dich umbringen, noch ein Danke oder Bitte hinzuzufügen?*

Guy hatte mir schon erzählt, dass seine Frau oft erschöpft gewesen war. Auch seine Töchter sind eher sensible Pflänzchen, ich selbst ja auch. Die Frauen unter diesem Dach sind offenbar alle nicht sehr stabil. Natürlich kann man das auf eine schwächere Konstitution schieben, doch ich denke an den Stress in ihrer Kindheit, an die Bürde des großen Geheimnisses und der familiären Spannungen und frage mich, wie viel Kraft das alles diese drei Frauen gekostet haben mag.

In einem anderen Umschlag weitere Klagen, erfolglose Versuche, auf den anderen zuzugehen und sich auszusprechen. Ob er sie später wohl noch einmal gelesen hat?

Er: *Das Leben ist kein Zuckerschlecken.*

Sie: *Würdest Du mich doch nur ein Zehntel von dem lieben, wie Du Dich selbst liebst!*

Ihre Töchter haben das Elternhaus verlassen. Und in den Sommerferien ist auch seine Frau Suzanne weggegangen, ohne Spuren zu hinterlassen. Monatelang sieht er sie nicht mehr, sie lässt ihn ihre neue Adresse nicht wissen. Unser Nachbar erinnert sich noch daran, wie sehr das Guy mitgenommen hat. Er lässt nichts unversucht, um sie wiederzufinden, er fragt beim Einwohnermeldeamt nach, sucht ihre Kollegen und Kolleginnen von der Schule auf, in der Hoffnung, ihnen irgendwelche Informationen zu entlocken.

Es schmerzt mich, auf die kurzen Kommentare zu stoßen, die er vermutlich geschrieben hat, wenn er abends allein war.

Auf einem blauen Papier steht:

Ich habe nur für Dich gelebt, und jetzt bleibt mir nichts mehr.

Auf einem Blatt, aus einem Heft gerissen:

Was aus mir wird, interessiert keinen Menschen.

Auf der Rückseite eines Umschlags:

Es ist dunkelste Nacht, und ich friere.

Suzanne sollte nicht mehr zurückkommen, und er ist erneut der weinende kleine Junge, der nun zum zweiten Mal verlassen wurde.

Schließlich kann er sie doch noch ausfindig machen, sie wohnt nur ein paar Straßen weiter. Sie ist bereit, noch einmal Kontakt aufzunehmen, um die letzten Formalitäten zu erledigen.

In einem hellbraunen großen Umschlag finde ich zwei Ausfertigungen der Scheidungsklage seiner Frau, unterzeichnet von ihrem Rechtsanwalt und dem Familienrichter.

Nach 36 Ehejahren sieht sich die Antragstellerin gezwungen, die Scheidungsklage einzureichen. Das eheliche Zusammenleben ist unzumutbar geworden.

Der Ehemann ist egozentrisch, sondert sich ab und lehnt jedes Gespräch ab.

Die Antragstellerin hat ihren Ehemann mehrfach gewarnt, doch ohne Erfolg.

Im Laufe dieses Sommers nun sah die Ehefrau keine andere Möglichkeit mehr, als den gemeinsamen Wohnsitz zu verlassen.

Das angespannte Klima zwischen den beiden Ehepartnern ist der Gesundheit der Antragstellerin abträglich, und an eine Wiederaufnahme des Zusammenlebens ist nicht zu denken.

Eine Granate fällt, für andere unbemerkt, aber innerlich zerreißt sie alles. Guy kann nichts mehr machen. Alle Versöhnungsversuche scheitern.

In den düsteren Jahren danach bemühen sich noch ein paar Verwandte, ihn zu unterstützen. Die Briefe, die ihm mit der Post zugehen, sind nur noch an ihn adressiert, alle wissen, dass Suzanne weg ist.

Lieber Opa,
ich fange ganz viele Garnelen, die wir dann essen. Eine Krabbe hat mich gezwickt, es hat richtig wehgetan, und ich musste weinen.
Küsschen von Astrid.

Die Ansichtskarte zeigt das Aquarell eines weißen Hauses mit grünen Fensterläden, mit Rosen zu beiden Seiten der Haustür. In anderen Briefen werden Wanderungen beschrieben und Badeausflüge. Adressiert an einen Mann, der zu nichts mehr Lust hat und sich völlig in sich selbst zurückgezogen hat. Spenden ihm diese kleinen Aufmerksamkeiten wenigstens etwas Trost?

Er schreibt seiner Frau öfter, sie antwortet nur, wenn es unbedingt notwendig ist.

Guy, ich danke Dir für die beiden Fotos, sie sind sehr schön. Ich habe mit der MAIF telefoniert. Die monatlichen Sozialversicherungsbeiträge wurden das ganze Jahr über von Deinem Konto abgebucht, und ich schulde Dir folglich 4524 Francs. Ich habe veranlasst, dass das Geld ab sofort von meinem Konto abgebucht wird.

Guy, Du hast mir meinen Anteil für das letzte Steuerquartal, das ich zu zahlen habe, nicht mitgeteilt; sag mir bitte, wie viel ich Dir schulde. Wenn Du für die kleine Kommode keine Verwendung hast, gib mir Bescheid, ich könnte sie gut brauchen. Bei diesem schönen Wetter müssen die Jagdausflüge angenehm sein, vor allem, wenn es etwas Wild gibt.

Guy, vielen Dank für das Gemüse, die Zucchini sieht wirklich aus wie gemalt.

Ich würde gern meinen Sekretär und die Vitrine aus dem Wohnzimmer sowie die darin befindlichen Porzellantassen abholen. In meiner Wohnung fehlen noch einige Möbelstücke. Ich hoffe, die Jagdsaison hat gut angefangen für Dich.

Eines Tages schickt sie ihm diese Mitteilung:

Guy, wirf keine Post mehr in meinen Briefkasten. Ich bin umgezogen.

Blassrosa Briefpapier, zwei kurze Sätze und darunter eine große Leere. Sie hat ihre neue Adresse nicht angegeben.

29

3. Juli. Ich habe jede Hoffnung aufgegeben, Guy vor September wiederzusehen. Ich erinnere mich an seine Kurzatmigkeit, als wir gemeinsam gegärtnert haben, an seinen Husten und seine Schluckbeschwerden. Er hatte damals über Angina geklagt. Ich weiß, dass sich in seinem Alter schon ein kleiner Schnupfen zu einer Lungenentzündung auswachsen kann. Ich stelle mir vor, wie er einsam und allein im Krankenhaus liegt und keinen hat, der ihn tröstet oder seine Hand hält.

Durch die große Fensterfront sehe ich, wie ein Spatz aus seinem Nest in der Zeder herausfliegt. Ich bin so gerührt, dass ich meinen Laptop zurückschiebe und in Tränen ausbreche. Als mein Anfall von Schwermut vorbei ist, rufe ich die Krankenhäuser der Stadt an, doch dort ist er nicht.

In zwei Stunden muss ich zur Kinderkrippe, und heute Abend ist in der Schule ein Fest. Lucie führt mit ihrer Klasse einen Tanz auf, verkleidet als Chinesenmädchen, und ich muss ihr Kostüm noch vorbereiten, und außerdem habe ich versprochen, einen Kuchen mitzubringen.

Als ich gerade Zucker und Mehl aus dem Küchenschrank hole, läutet es an der Tür.

Wie jedes Mal hoffe ich, dass es Guy ist, der seinen Schlüssel vergessen oder verloren hat. Eilends und aufgeregt durchquere ich das Wohnzimmer. Meine Augen werden groß, als ich die Nette hinter der Tür stehen sehe. Beim Verkauf des Hauses hat mich Guys jüngere Tochter gefragt, ob sie sich das Haus eines Tages noch einmal anschauen könne. Ich bot ihr an, sie könne jederzeit auf eine Tasse Tee vorbeikommen, und das war ehrlich gemeint, aber ich hätte nicht damit gerechnet, dass sie meine Einladung ernst nimmt. Bringt sie eine schlechte Nachricht? Aber warum sollte sie es tun? Guy hat garantiert niemandem erzählt, dass er regelmäßig herkommt, das hätte man ihm sicher untersagt.

Doch meine Fragen bleiben mir im Halse stecken. Wir sind beide etwas befangen, fühlen uns hier zu Hause, obwohl wir es nicht wirklich sind. Sie kann nicht mehr nach Lust und Laune von Raum zu Raum gehen und benimmt sich wie eine Besucherin, während ich mich bemühe, taktvoll zu sein, was alles in allem zu einem leichten Unbehagen führt.

Sie bedankt sich, dass sie kommen durfte, und fragt, ob wir uns hier wohlfühlen. Ich mache einen Tee und schenke den ihren in eine farbenfrohe Tasse; sie stellt sich damit an die große Fensterfront. Ich bemerke, wie sie leicht zusammenzuckt, als ihr Blick auf den Holzschuppen fällt, der mit Efeu, Rosen und Glyzinien bewachsen ist. Anschließend machen wir einen Rundgang durchs Haus, beim letzten Mal war ich mit Robin schwanger und sie hat *mich* herumgeführt, heute ist sie es, die *mir* folgt. Ihre rechte Hand spielt mit dem Verschluss ihrer Handtasche, ihre Augen sind etwas feucht. Die Räume haben sich verändert, Zwischenwände sind verschwunden, und es gibt keine Vorhänge mehr, die altmodische Tapete ist weg, andere Möbel stehen da.

Etwas später sage ich, dass ich im Keller Bücher über Dänemark gefunden habe, die noch aus Kriegszeiten stammen. Sie erzählt mir, Guy und seine Schwester seien für ein paar Monate dorthin geschickt worden, zu einer Familie, die sie gar nicht kannten. Damals war es gang und gäbe, seine Kinder auf diese Weise aus der Schusslinie zu bringen. Dadurch hatte sich ein regelmäßiger Briefkontakt zwischen dieser dänischen Familie und Guys Mutter entwickelt, der auch nach dem Krieg fortdauerte. Viel mehr weiß sie nicht, über die Zeit der Besatzung wurde in diesem Haus nicht viel geredet.

Ich frage meine Besucherin, ob ihre Mutter sich für Kunst und Theater interessiert habe. In den Schränken im Keller hätte ich viele Bücher zu diesem Thema entdeckt. Etwas verwundert sieht sie mich an, dann lächelt sie. Ihre Mutter? Nein, die Bücher im Keller seien alle von Guy. Er hat die Kunstakademie besucht, genau wie sein Großvater. Dabei habe ich gedacht, er sei Beamter gewesen. Ich denke an die Fotokopien mit dem Esel mit Anzug und Hut im Cabrio. Hat Guy diese Zeichnung womöglich selbst gemacht?

Die Nette erzählt, als Kind hätte sie die Samstage in den Theaterwerkstätten im Stadtzentrum verbracht. Ihr Vater war damals für die Bühnendekorationen der Stücke zuständig, die auf dem Programm standen. Er hat seinen Beruf geliebt, doch dann kam eine neue Stadtverwaltung, und er wurde in eine andere, uninteressante Abteilung versetzt. Dort war er für Schulmöbel verantwortlich, die auszumustern und neu anzuschaffen waren. Ich sehe meinen eigenen Vater wieder vor mir, wie er mit dem Kopf in den Händen auf dem Bettrand saß und schluchzte, weil man ihm seine Sekretärin gestrichen und nach und nach alle Aufgabenbereiche entzogen hatte und ihn mit über fünfzig Jahren noch zum Arbeiten mit dem Computer zwingen wollte.

Wenn Guy sonntags zur Jagd ging, waren Suzanne und die Mädchen erleichtert, denn dann hatten sie einen friedlichen Tag vor sich. Bei uns zu Hause war es ganz ähnlich: Wenn mein Vater eine seiner Geschäftsreisen machte, waren wir entspannter, meine Mutter stand weniger unter Druck. Unsere Väter waren ständig auf der Suche nach etwas, das die Wunden ihrer Kindheit heilen würde – doch es hat nie funktioniert. Fremde Länder, ein Gefühl von Freiheit, die Natur, die Treibjagd auf ein Tier.

Mit ihrer Heimkehr kam auch das Klima der Unsicherheit zurück, das Geschimpfe und Geschrei, die Anspannung. Ich habe die Air-France-Beutel, die mein Vater von seinen Reisen mitbrachte, bis heute aufbewahrt, als Kind liebte ich es, die Reisezahnbürsten auf- und zuzuklappen, die Mini-Zahnpastatuben herauszuholen, die kleinen Seifen, das Nähset, das genau in den Griff der Schuhbürste passte. Zusammen mit den Andenken aus Asien und Südamerika verstaute ich sie unten in meinem Schrank. Wenn mein Vater zur Tür hereintrat, stürzten wir uns sofort auf seinen Koffer, und das Auspacken der Geschenke war immer ein kleines Fest. Doch es dauerte nie lange, bis ich wieder diesen Kloß im Hals hatte. Abends las ich viel, um die Streitereien nicht zu hören, und nachts habe ich mich lange vor Ungeheuern gefürchtet.

Meine Besucherin erinnert sich an den Fasan mit Kohl, den ihre Mutter zubereitete, wenn Guy von der Jagd heimkam. Ihr Blick verliert sich in der Vergangenheit. Sie schnuppert, sie riecht den Duft in der Küche wieder und sieht den Bräter hinter der getönten Backofentür vor sich.

Ihre ältere Schwester hat keine Lust, dieses Haus noch einmal zu betreten. Alle Bilder, die damit zusammenhängen, sind schmerzhaft für sie. Nicht so für die Jüngere. Den »schwierigen Charakter« ihres Vaters, die unsichtbare Mauer, die er um sich herum errichtet hatte, seine übertriebenen Strafen – auf die blickt sie ohne Verbitterung und sogar mit gewisser Nachsicht zurück. Lieber lächelt sie, als sie erzählt, wie sie einmal Ausgehverbot bekam, nur weil sie gewagt hatte, die Pfefferkörner aus ihrer Wurst zu pulen. Sie ruft sich lieber die schönen Dinge in Erinnerung: das Tretauto, den Geschmack der Kirschen, die leckeren Gerichte ihrer Mutter, die Vögel in der Voliere, die sie regelmäßig fütterte.

Dadurch gelingt es ihr wohl, diesen Vater ein wenig zu lieben, ihm seine Stimmungsschwankungen und seine ständige Abschottung zu verzeihen.

»Er konnte fuchsteufelswild werden, wenn meiner Schwester oder mir ein Unrecht zugefügt wurde«, erzählt sie mir. Sie ist gerührt, weil sie das Haus ihrer Kindheit noch einmal sieht. »Die Liebe zur Kunst, die habe ich von ihm, und heute habe ich einen sehr interessanten Beruf.«

Ihre Stimme klingt herzlich, voller Optimismus.

Sie atmet den Duft des Jasmins ein. Diese Blumen haben sich schon im Eingangsbereich hochgerankt, als sie noch ein kleines Mädchen war, und sie sind immer noch da. Im Frühling weht uns ihr Duft in die Nase, wenn wir das Haus betreten, und ihr moschusgeschwängertes Aroma begleitet uns auch wieder beim Hinausgehen.

Sie wird bald wieder gehen.

30

Ich gebe mir einen Ruck und frage etwas verlegen, wie es ihrem Vater gehe.

Ich habe eine böse Vorahnung und wünsche mir plötzlich, sie gäbe mir keine Antwort. Am besten, sie würde sich wortlos in Luft auflösen. Ihr Blick verdüstert sich. Mir kommen die Tränen, noch bevor sie etwas sagt. Sie stutzt, sichtlich verwundert über meine übertriebene Rührseligkeit.

Und dann erfahre ich, er habe Krebs gehabt, kurz nach seinem Umzug ins Altersheim hätten sich Metastasen gebildet. Zunächst war die Lunge befallen, dann der Rachen und schließlich das Gehirn. Es ging alles recht schnell. Er lehnte jede Behandlung ab, die beiden Schwestern verstanden nicht, warum er so stur war. Die Nette hatte anfangs noch versucht, ihn zur Vernunft zu bringen, die Ältere hatte achselzuckend gemeint:

»Lassen wir ihn doch, er hat doch immer alles nach seinem Kopf gemacht.«

Nach seinem Tod hat sie einen Brief von ihm erhalten. Der musste wohl auf den verschlungenen Pfaden der Post fehlgeleitet worden sein, oder aber eine Pflegerin hatte ihn in irgendeiner Schublade liegen gelassen und erst viel später eingeworfen. Der Poststempel war nicht zu entziffern. Es war ein Schock für sie. Als sie seine Worte gelesen hat, in der für ihn typischen Ausdrucksweise, als er schon unter der Erde lag, da hatte die Nette das Gefühl, es mit einem wiedergekehrten Geist zu tun zu haben. Die Schrift war etwas wirr, die Buchstaben waren stark nach rechts geneigt und wirkten kraftlos. Er hat an seine beiden

 Töchter geschrieben; die unmittelbare Nähe des Todes schien seinen Verstand wieder geschärft zu haben.

Diesen Brief zu lesen hat die beiden Schwestern tief bewegt. Sie haben vieles besser verstanden, seine Kälte, den Schmerz in seinem Inneren, den er ständig mit sich herumgeschleppt hatte. Die Ältere wollte nicht darüber reden, sie braucht Zeit, um das alles zu verdauen. Die Nette wollte ihr Elternhaus noch einmal sehen.

Der alte Mann hatte geschrieben, wie sehr er es bedauere, dass er an ihnen vorbeigelebt hat, und er schildert auch, wie unsagbar schlimm es für ihn gewesen ist, während des Krieges seinen Vater zu verlieren und kurz darauf seinen kleinen Bruder.

Das Blut pocht in meinen Schläfen. Ich falle ihr ins Wort, hake nach:

»Was für ein kleiner Bruder? Ich dachte, er habe nur eine Schwester gehabt, die noch lebt.«

Die Nette nickt. Ja, er hatte eine Schwester, aber auch einen Bruder, den er nie gekannt hat. Als die Gestapo Clotaire Moustier abholte, war Guys Mutter im sechsten Monat schwanger. Sie ist im Treppenhaus gestürzt. Und drei Tage später haben Wehen eingesetzt. Sie hat einen kleinen Jungen zur Welt gebracht, eine Frühgeburt. Er hat nicht überlebt. Er hätte Jean heißen sollen.

Ich balle die Fäuste in meinen Taschen, beiße die Zähne zusammen und durchforste meine Erinnerungen. Hat Guy in einem unserer Gespräche jemals dieses Baby erwähnt, das gestorben ist, kurz nachdem sein Vater ins deutsche Gefängnis von Angers verschleppt worden war? Und früher nebensächliche Details bekommen plötzlich einen Sinn. Seine kleinen fürsorglichen Gesten. Die erste Himbeere für Robin, die Kirschtomaten, die er für ihn gepflanzt hat, seine handwerklichen Bemühungen, um das Haus kindersicher zu machen.

Ich erinnere mich auch an den Tag, an dem er im Wasserreservoir eine ertrunkene Eidechse entdeckt hat. Ganz sanft hat er sie auf seine Handfläche gelegt, mit dem Bauch nach oben, und die Beinchen überkreuzt. Ich war verblüfft, wie menschlich das kleine Tier in dieser Stellung ausgesehen hat, mit seinen winzigen gespreizten Fingerchen und dem zur Seite geneigten Kopf. Guy hat es nicht geschafft, es wiederzubeleben. Behutsam hat er es dann unter dem wilden Weinstock hinten im Garten begraben.

Er hätte sicher auch gern einen Sohn gehabt, um ihn zur Jagd mitzunehmen, um ihm den Vornamen zu geben, der seinem Vater so wichtig gewesen ist, und ihn auf diese Weise wieder ein bisschen aufleben zu lassen. Jean Moulin. Jean Cavaillès. Leitbilder der Résistance, die so viel Bedeutung hatten für diesen Mann, der kurz vor der Befreiung noch exekutiert worden war.

Meine Augen sind feucht, und um nicht schon wieder die Fassung zu verlieren, wechsele ich lieber das Thema. Ich schlage ihr vor, sich im Keller umzusehen, dort seien die Bücher und Werkzeuge ihres Vaters, ob sie nicht vielleicht ein paar dieser Dinge haben möchte? Beim Verkauf sei alles so schnell gegangen. Die Nette betrachtet mich halb neugierig und halb mitleidig, sie sagt sich bestimmt, dass ich wohl gerade in einer schwierigen Lebenssituation stecke, wenn ich wegen eines völlig Unbekannten weinen muss. Sie versteht nicht, warum ich all diesen alten Krempel aufgehoben habe.

 Dann fällt ihr etwas ein.

»Warten Sie, ja, er hat etwas von Büchern geschrieben, die ihm besonders viel bedeutet haben, und von Werkzeugen, die schon meinem Großvater gehört hatten und die ihm sehr am Herzen lagen, und falls sie noch da sind, nun, ich möchte Ihre Freundlichkeit ja nicht überstrapazieren, aber dann würde ich sie gern mitnehmen.«

Sie holt einen Briefumschlag aus ihrer Handtasche. Darin befinden sich ungefähr ein Dutzend Blätter, Guys letzte Worte. Stirnrunzelnd sucht sie die Stelle, wo ihr Vater von den Gegenständen spricht, die ihm wichtig waren und die seine Töchter damals dem Trödler überlassen hätten.

Mein Herz klopft wie wild. Die Sätze tanzen vor meinen Augen. Ich weiß nicht, ob mir meine Rührung, gemischt mit Müdigkeit, einen Streich spielt, aber ich glaube meine eigene Schrift zu erkennen. Ich beuge mich vor, um es zu überprüfen, als meine Besucherin sagt, ach ja, jetzt sehe sie, was er gemeint hat, sie werde nur zwei oder drei Sachen mitnehmen und dann verschwinden. Sie wirft einen Blick auf ihre Uhr, in einer Stunde fährt ihr Zug. Sie steckt die Blätter wieder ein, und wir gehen in den Keller. Ein bohrender Schmerz presst meinen Kopf zusammen.

Als sie vor den Werktischen steht, schnappt sie überrascht nach Luft. Verblüfft betrachtet sie die Holz- und Lederabfälle, das Babyfoto in Schwarzweiß an der Wand, die Strickweste mit dem Zopfmuster und dem Loch am Ellbogen, die über der Stuhllehne hängt. Sie schaudert und sagt dann barsch:

»Sie sollten das alles wegwerfen.«

Fast hektisch sucht sie in dem übervollen Schrank ein paar

Bücher aus, das Pflanzenalbum, zwei schöne Holzscheren und die geschnitzte Schatulle, die er zuletzt noch restauriert hatte.

Wir verabschieden uns.

Ich weiß, dass sie nicht wiederkommen wird.

31

Ein paar Tage nach dieser Begegnung gehe ich am Wasser spazieren, um über alles nachzudenken und gegen meine Traurigkeit anzukämpfen. Guy ist also nicht in seinem Haus gestorben, wie er es sich gewünscht hätte, sondern in einem unpersönlichen Zimmer, fern all der Dinge, die er geliebt hat. Er hat seinen Töchtern noch geschrieben, er hat es geschafft, das zu Papier zu bringen, was ihn seit seiner Kindheit belastet hatte. Seltsam, ich weiß nicht mal, wann er gestorben ist. Aber ich bin erleichtert. Die Nette hat noch vieles vor und blickt ohne Bedauern zurück. Sie freut sich ihres Lebens und auch darüber, dass sie von Menschen umgeben ist, die es auch können. Ich sehe Guy vor mir, wie er mich forschend und besorgt mustert und in jedem meiner Worte, meinen Seufzern und meinen Kindheitserinnerungen an meinen Vater auch die Vergebung von Seiten seiner Töchter sucht. Die Ältere braucht noch Zeit, doch die Jüngere hat ihren Frieden mit ihm gemacht.

Ich laufe ziellos durch die Stadt, von Hunger getrieben, und in einer Gasse, die mir bisher nicht aufgefallen ist, entdecke ich ein Lokal, das wie eine Teestube aussieht. Gemütlich eingerichtet, Couchtische mit zierlichen Polsterbänken, weiche Kissen, an der Wand Regale mit Büchern und Zeitschriften. Ich setze mich an ein Tischchen an der Wand, neben ein Bücherregal. Dann studiere ich die Karte, sie ist recht originell: belegte Brötchen mit Lachs und Sahnecreme, marinierte Heringe, dazu eine Bouillon.

Während ich auf meine Bestellung warte, werfe ich einen Blick auf die Bücher und stelle fest, dass es mehrere über Dänemark gibt, ein oder zwei ältere Bildbände mit großen Schwarzweißfotos von Häfen, Wiesen und Feldern, Matrosen vor oder neben ihrem Schiff. Sie erinnern mich an Guys Bücher im Keller. Ich stelle mir vor, wie es für ihn gewesen sein muss, während des Kriegs nach Dänemark geschickt zu werden. Er und seine Schwester in einem fremden Land, sie hatten bestimmt Angst. Ich weiß, dass Kinder dazu neigen, sich schnell das Schlimmste auszumalen, sie spüren die Spannungen um sich herum, lassen sich schon von Kleinigkeiten verunsichern. Nach dem, was mir die Nette erzählt hat, saß die Angst davor, verlassen zu werden, bei Guys Schwester so tief, dass sie selbst nie Mutter werden wollte, um ihren Kindern so etwas nie antun zu müssen. Ich denke an den kleinen Jean, der kurz nach der Verschleppung seines Vaters durch deutsche Soldaten geboren wurde, dieses kleine Würmchen, das schon vor seiner Geburt so viel mitgemacht hatte, dass es die Luft dieser brutalen Welt gar nicht erst einatmete.

Die Lachsschnitten kommen. Ich höre die Cafébesitzerin mit einem anderen Gast reden. Sie erzählt, woher sie kommt und dass sie Inger heißt. Erst da wird mir klar, dass ich in einem dänischen Lokal bin, dem ersten in meinem Leben und sicher auch dem einzigen hier in der Stadt. Das schmale Gässchen, der Zufall, der mich hierhergeführt hat, mein Hunger, die gemütliche Atmosphäre. Meine Schritte haben mich anscheinend zu einem Rendezvous mit meinem alten Freund geführt, an einen Ort, den er ebenfalls ausgesucht hätte.

Beim Bezahlen schenkt Inger mir einen Schlüsselanhänger: ein einfaches Herz aus Leder mit einem Ring daran. Ich befestige meinen Hausschlüssel daran, mit dem berauschenden Gefühl, dass Guy mir gerade sein Haus übergibt.

Auf dem Heimweg kaufe ich mir eine Zeitung und entdecke gleich auf der ersten Seite diese Nachricht: »Das dänische Restaurant NOMA wurde zum weltweit besten Restaurant gekürt.« Es liegt in Kopenhagen. Ich sehe Guys verschmitztes Lächeln wieder vor mir, als er mir die Kleinanzeigen aus *Der französische Jägersmann* vorlas.

32

Am ersten Mai schenkte mein Vater meiner Mutter jedes Jahr ein Sträußchen Maiglöckchen, ich bekam auch oft einen Stängel ab, um meinen Schülerschreibtisch damit zu schmücken. Dann stieg er ins Auto und fuhr zu seinen Eltern. Ich erinnere mich an einen Sonntag, als er an ihrer Tür läutete – guter Dinge, weil er dachte, seinen Eltern eine Freude zu machen. Mein Großvater öffnete ihm die Tür, murmelte so etwas wie »Danke« und schlug ihm die Tür vor der Nase wieder zu, weil er angeblich zu tun hatte. Einen einfachen Hausierer hätte er vermutlich freundlicher empfangen.

Ich habe ihn manchmal gefragt:

»Bist du deinem Vater nicht böse, weil er immer so gemein zu dir ist? Warum ist er so hartherzig?«

»Ach, du weißt doch, dass er schon mit sechs Jahren den Vater verloren hat, Waisenkinder sind eben so.«

»Nicht alle.«

»Na ja …«

Diese Waisenkind-Theorie macht meinen Großvater in den Augen meines Vaters etwas menschlicher und ist ihm selbst ein Trost – aber erklärt sie wirklich, warum er sich dermaßen abgeschottet hat und auch so egoistisch geworden ist? Es stimmt: Verunsicherung in der Kindheit zerstört wichtige Säulen des Selbstwertgefühls. Zudem war die frühere Generation strenger und verschlossener, als wir es heutzutage unseren Kindern gegenüber sind. Körperliche Züchtigungen waren an der Tagesordnung, die Kinder wurden weniger verhätschelt, und die Eltern diskutierten nicht lange mit ihnen herum, es hieß: So ist es und basta. Doch auch abgesehen von der in den Fünfzigerjahren üblichen Strenge schien mein Großvater kaltherzig und gefühllos zu sein. Hatte er sich diesen harten Panzer zugelegt, um sich vor den Wechselfällen des Lebens zu schützen?

Guy war der einzige Junge in seiner Familie, mein Großvater war Einzelkind. Sie wurden beide sehr früh zu Kriegswaisen, wodurch sie vom Staat eine monatliche Entschädigung erhielten und so zur Stütze ihrer Familie wurden, was ihnen schon in jungen Jahren eine gewisse Autorität verlieh. Ihre Mütter opferten sich für sie auf, und das fanden sie offenbar völlig normal. Später haben sie ihre Frau und ihre Kinder unterdrückt. Mein Vater hat dieses Verhalten nie abgelegt. Und damit bin ich ebenfalls zu einem Kollateralopfer der Schmerzen geworden, die er durchlitt, obwohl ich damals noch nicht einmal geboren war. Diese Männer haben eine emotionale Leere erlebt, die sich von Generation zu Generation weitervererbt. Können Worte uns befreien?

33

Vier Jahre sind vergangen. In meinem Leben hat sich wenig geändert, wir wohnen noch im selben Haus, ich bin noch immer nicht die französische Camilla Läckberg, aber möchte ich das überhaupt sein?

Noch Monate nach Guys Tod habe ich mich immer wieder dabei ertappt, dass ich insgeheim damit rechnete, seinen Schlüssel im Schloss zu hören, dann seine Schritte im Eingangsbereich, und anschließend seinen gebeugten Rücken zu sehen. Ich wartete auf ihn, während ich schrieb, auf das Klacken der Gartenschere, sein gespielt genervtes Aufstöhnen. Auf die Geräusche, die aus dem Keller heraufdrangen, wenn er werkelte, auf seine Augen, die anfangs hart und zum Schluss sanft waren und glänzten wie das Meer im Winter.

Letzten Samstag haben wir Guys Werkzeugschuppen abgebaut. Hinten im Garten hatte er unter der Zeder vor sich hin geknarrt, er war aus Wellblech und Holzbrettern zusammengezimmert worden, und Efeu und Tannennadeln hatten das Dach längst mit einer permanenten Vegetationsschicht zugedeckt. Mit seinem unmöglichen Durcheinander ist der Schuppen aus allen Nähten geplatzt: ein Sammelsurium aus alten Blumentöpfen, Spaten und anderem Krimskrams, unseren Liegestühlen, den wegen der eindringenden Feuchtigkeit vergammelten Holzspielsachen der Kinder, Eimern und Schaufeln für den Strand, der Ente auf Rädern, Robins rotem Auto. Mit zwei Jahren stieß er sich mit den Füßen ab, sauste mit Karacho die Gehsteige entlang, und das Quietschen der Reifen auf dem Asphalt hatte so manchen Fußgänger erschreckt. Mittlerweile sind seine Beine zu lang, er kann nicht mehr damit fahren, ohne sich die Knie aufzuschrammen, wir werden es jetzt endlich weggeben müssen, sein Lieblingsauto.

Wir waren junge Eltern, als wir hergezogen sind, heute habe ich schon ein paar graue Haare, und Damien trägt seine millimeterkurz, um über erste kahle Stellen hinwegzutäuschen.

Wir haben Guys alten Kram, der unter den Spinnweben zum Vorschein kam, in große graue Müllsäcke gestopft. Rostige Sägen, Blumenkästen, ein blauer Pullover mit durchgescheuerten Ellbogen, alte Apotheken-Metalldosen. Robin hat ein Glas mit vertrockneten Käfern entdeckt, die die Zeit überdauert haben. Er hat sie einzeln herausgeholt und ins Gras gelegt, um sie zu vergleichen. Lucie hat ein schweres, rostiges Hufeisen gefunden und in ihrem Zimmer aufgehängt. Vor einem Jahrhundert, bevor die Stadt das Land nach und nach verdrängt hatte, gab es hier Pferdeställe. Eine Vorstellung, die Lucie fasziniert.

Hinten, auf einem verstaubten Regalbrett, stand sein etwas schiefes Gefäß mit den bunten Federn. Behutsam habe ich eine von ihnen gestreichelt, und sofort stiegen Bilder in mir auf: der Tee mit Bergamotte, seine grauen Augen und unsere vertraulichen Gespräche.

Eine riesige Pfauenfeder gefällt uns am meisten, es ist, als würde ihr schillernd blaues Auge uns beobachten.

Damien spielt mit den Kindern, er setzt Robin auf seine Schultern, seine Schlafstörungen sind nur noch eine böse Erinnerung. Er trägt Guys an den Fingerspitzen abgewetzte Handschuhe. Und ich habe Guys Strohhut auf. Nachdem wir den Schuppen leer geräumt hatten, haben wir die Zeder zurückgeschnitten. Das war wie eine Befreiung. Ein Stück Himmel kam zum Vorschein. Wir konnten die Birken und Kirschbäume der Nachbarn sehen. Sonnenschein durchflutet den Garten nun zu Stunden, wo wir früher nur Schatten über uns hatten.

Im Winter hatten sich oft streunende Katzen im Schuppen verirrt, ich weiß gar nicht, wohin sie jetzt gehen. Eine junge Tigerkatze schleicht sich gerne in unser Haus und frisst die Überreste aus dem Napf unserer Katze. Die lässt sie immer großmütig eine Minute lang gewähren, bevor sie sie aus dem Haus jagt und durch den Garten scheucht. Aber immerhin kann die Tigerkatze auf die Schnelle ein paar Bröckchen stibitzen. Ich mag ihren tiefen grünen Katzenblick, sie ist zierlich, und ihr Fell sieht trotz ihres Vagabundenlebens recht gesund aus. Gestreichelt werden will sie nicht, sie macht einen Katzenbuckel, wenn ihr jemand zu nahe kommt. Sie versteht nicht, wozu das gut sein soll. Sie kann nicht spielen und auch nicht schmusen, das hat ihr niemand beigebracht. Letzten Sommer hat sie in unserem Rosenbeet geworfen, ihre Kätzchen sind auf den Dornen gelandet. Ich brachte sie in den Schuppen, wo ich mit den Kindern zusammen eine Kiste mit alten Handtüchern ausgelegt hatte. Mit unruhigem Blick verfolgte sie aufmerksam jede unserer Bewegungen, hat schließlich aber akzeptiert, dass wir ihre Jungen anfassten. Doch dann kamen ein paar regnerische Nächte, und weil der Schuppen ja undicht war, hatten wir die Kätzchen unter Damiens Protest ins Wohnzimmer geholt.

Wenn ich schrieb, suchten die Kätzchen meine Nähe, eines schmiegte sich an meinen Rücken, eines an meinen Oberschenkel, ein anderes lag auf dem Knie und zwei auf meinen Füßen.

Ich saß stocksteif da und bewegte mich nicht. Die kleinen Freunde unserer Kinder läuteten öfter als sonst an unserer Tür und knieten mit leuchtenden Augen um die fünf Wollknäuel, während diese auf dem Bauch ihrer Mutter herumkrabbelten und nuckeln wollten. Robin, der sonst nicht stillsitzen kann, bewegte sich keinen Millimeter, wenn ein Kätzchen auf ihm eingeschlafen war. Die Kinder haben geweint, als die Kätzchen adoptiert wurden.

Im Keller habe ich ein Buch von einem gewissen Dr. Michel Klein gefunden mit dem Titel: *Diese Tiere haben mich zu einem Menschen gemacht*. Guy hat viel darin gelesen, die Buchseiten sind abgegriffen, der Umschlag hat ein Eselsohr. Dieser aus dem Fernsehen bekannte Tierarzt tritt vehement für den Schutz und die richtige Pflege von wilden Tieren und Haustieren ein. Er erzählt von seiner Beziehung zu all den von ihm behandelten Gorillas, Zebras, Krokodilen, Hunden und Giraffen, er berichtet von ihren Reaktionen und den Bindungen, die sich im Laufe der Zeit entwickelt haben. Er nimmt auch kranke Tiere bei sich auf, wenn deren Besitzer sie nicht mehr haben wollen.

Eine Geschichte finde ich besonders amüsant. Sie erinnert mich irgendwie an unsere erste Zeit in diesem Haus. Eine Klientin überließ Dr. Klein ihren Papagei, weil der sich ständig die Federn ausriss. Sie konnte diese Selbstverstümmlung des Vogels nicht mehr mit ansehen. Der Tierarzt befreit das Tier aus seinem Käfig, es hat offenbar an Klaustrophobie gelitten oder es einfach nicht ertragen, dass seine Flügel ständig die Gitterstäbe streiften – was genau der Grund für sein selbstschädigendes Verhalten war, konnte man nur mutmaßen. Jedenfalls setzt der Arzt ihn in seinem Wartezimmer auf eine Stange. Der Papagei beruhigt sich und wird fröhlicher. Er pfeift die *Marseillaise* und hat seinen Spaß daran, den begeisterten Patienten »Schnauze!« zuzurufen. Er kann die unterschiedlichsten Lachen nachahmen und auch Frauen mit schriller Stimme.

Der Doktor gibt ihm als Gesellen einen Beo, und die beiden Vögel hecken zusammen eine Nummer aus, die das Wartezimmer in helle Begeisterung versetzt. Durch ständiges Mithören der Telefonate der Arzthelferin lernt der Beo schnell »Hallo, Doktor?« zu rufen, und der Papagei antwortet dann: »Is' nicht da!« Die Kinder aus dem Viertel kommen nach der Schule oft vorbei, um die Vögel zu besuchen. Sie stacheln sie an, die *Marseillaise* zu singen, mit ihnen zu reden und zu lachen. Kurz bevor die Kinder aus der Schule kommen, gegen sechzehn Uhr, putzen sich die Vögel im Wasserbecken regelrecht heraus, als wollten sie sich für den Empfang ihrer Besucher schön machen.

Im hinteren Teil des Buchs hat Guy einen Abschnitt angestrichen:

Im Tierreich können wir sehen, dass Tiere über Mechanismen verfügen, die sie in ihrer Entwicklung unter bestimmten Umständen einschränken, ihre Aggressivität innerhalb ihrer Spezies unter Kontrolle halten und ein Übermaß an Individualität und Egoismus verhindern. Sie besitzen eindeutig altruistische Instinkte. Sie fressen nicht um des Fressens willen und töten nicht um des Tötens willen. Sie töten, um zu fressen, und sie fressen nur so viel, bis sie satt sind. So weise sind selbst die großen Raubtiere. Wenn ein satter Löwe am Abend zur Wasserstelle kommt, um seinen Durst zu löschen, nehmen die anderen Tiere nicht Reißaus. Sie wissen, dass er sie in Ruhe lassen wird. Wann immer man sich den Tieren zuwendet, erkennt man, dass sie uns ein gutes Beispiel geben können. Das Tier hat keine bösen Instinkte. Das einzige wilde Tier im negativen Wortsinn ist der Mensch. Im Umgang mit Tieren, so habe ich es immer wieder erlebt, treten die besten Eigenschaften des Menschen zutage: unsere tierischen Instinkte, die gute Instinkte sind. Im Umgang mit Tieren können wir wieder lernen, was Hingabe an die Familie bedeutet, Verantwortung für die Kinder, Geduld und Verzeihen.

Wird das Gute über das Schlechte siegen? Das können wir nur hoffen.

Guy besaß eine Voliere, Katzen, einen Hund und Fische. Er war davon überzeugt, dass wir von den Tieren vieles lernen können – er, der sich als Mensch in seiner Haut so unwohl fühlte. Mit Tieren sind Beziehungen einfach, man kann meist auch ohne Worte kommunizieren.

Tiere haben eine tröstende und vielleicht sogar heilende Kraft. Als sich mein Vater vor drei Jahren einer Krebsbehandlung unterziehen musste, wurde seine Katze, die immer an seinen Füßen schlief, zunehmend schwächer. Sie war noch nicht alt, bekam aber immer schwerer Luft. Und sie wollte kaum noch fressen. Sie wich nicht von der Seite ihres Herrchens. Mein Vater musste regelmäßig zur Bestrahlung. Sein Körper hat den Tumor besiegt, doch genau da ist seine Katze gestorben. Als hätte sie seine Krankheit absorbiert.

Mein Vater vergisst sie nicht. Er habe immer mit ihr gesprochen, erzählt er lächelnd, und sie habe ihm auch geantwortet. In der Bretagne hatte er ein Kissen für sie auf die Fensterbank gelegt, damit sie »aufs Meer schauen« konnte. Und die Katze hat aufmerksam auf das blaue Band in der Ferne gestarrt, das sich hinter Feldern und Weilern ausdehnte.

34

In diesem alten Natursteinhaus mit Backsteinumrandungen an den Fenstern schließe ich meinen sechsten Roman ab. Wieder keine »Schmonzette«, sondern ein persönliches Buch dieses Mal, ein Buch über meinen Vater. Meine Leserinnen und Leser werden vermutlich erstaunt und ein wenig enttäuscht sein, es kommt kein einziger Mord vor, der etwas Action in die Erzählung bringen würde.

Guys Konturen verblassen. Doch seit ich ihn damals kennengelernt und seine Einsamkeit und seine Seelenpein mitbekommen habe, fällt es mir schwer, ihn ganz aus meinem Leben zu streichen, als wäre nichts geschehen. Ich könnte seine handschriftlichen Zettel und seine Bücher verbrennen. Doch seine Pflanzen werden bleiben. Seine hundertjährige Zeder wird uns überleben. Der dicke Stamm der Glyzinie schlingt sich um sich selbst, die Äste mit den malvenfarbenen Blütentrauben breiten sich zwischen den Fenstern aus. Es kommt mir so vor, als wären es Guys Arme, die sich ins Unendliche strecken und das Haus umhüllen.

Im Herbst schneide ich seine Rosensträucher, genau so, wie er es mir gezeigt hat, und finde dabei die Gelassenheit, von der er gesprochen hat.

Die Himbeersträucher gedeihen prächtig. Robin läuft nach der Schule immer gleich hin und pflückt die zarten Beeren. Er hat gelernt, dass man sie hängen lassen muss, wenn sie noch weiß sind, und abwarten, bis sie rot sind. Er zählt schon mal, wie viele Himbeeren er in den nächsten Tagen pflücken kann. Ich überlege, ob wir wieder einen Apfelbaum pflanzen sollen. Und warum nicht eine Palme, mir gefällt dieser Hauch von Exotik in der Bretagne, eine kleine Oase inmitten der ganz andersartigen Kiefern und Hortensien. Im Morbihan wachsen Palmen hinter einer bretonischen Kapelle, einem Dolmen oder einer Steinmauer. Sie erinnern mich an Andalusien, meine faszinierenden Streifzüge durch Sevilla, wo zwei Welten miteinander verschmelzen.

Wo früher der Schuppen gestanden hat, habe ich Blumen gesät, das Foto auf dem Tütchen verheißt einen wundervollen Blütenteppich. Gegen Ende des Tages gehe ich mit Guys großer Gießkanne von einer Pflanze zur nächsten. Ich bin leichter zu begeistern als die Kinder. Ich bin in Stadtwohnungen groß geworden, in Tokio und dann in Paris, deshalb ist es für mich immer ein kleines Wunder, wenn aus einem Samenkorn ein kleiner grüner Stängel herauskommt. Und wenn eine Blume ihre Blütenblätter entfaltet, bin ich ganz aus dem Häuschen und rufe die Kinder herbei.

Ich bin mit ihnen in ein Gartencenter gefahren, um eine rosafarbene japanische Zierkirsche zu kaufen. Wir mussten die Sitze umklappen, um den Baum hinlegen zu können, und sind in einem Blumenauto nach Hause gefahren. Die Kinder durften sich ein Pflanzmännchen aussuchen, und wenn sie es regelmäßig gießen, werden in einer Woche grüne Haare aus seinem Kopf sprießen.

Mir ist bewusst, dass auch ich mir ein Refugium baue, ein

Fleckchen Paradies, das mein Leben schöner macht und hoffentlich meine Ängste vertreibt.

Morgen habe ich einen Termin mit meinem Verleger und stelle fest, dass ich meine Fingernägel nicht sauber bekomme. Einen Teil meiner Tage verbringe ich mit Schreiben, den anderen im Garten, wo ich zwischen Regenwürmern und Schnecken herumwühle. Wenn ich zwischen zwei Kapiteln etwas Entspannung brauche, betrachte ich meine blühenden Rosen, sauge die Wohlgerüche von Minze und Glyzinien in mich auf, halte mein Gesicht in die Sonne. Und ich sage mir, dass es nichts Schöneres gibt als eine Welt mit Kindern, Blumen, Katzen und Büchern.

Ich war nie besonders ehrgeizig. Als ich noch in einem Unternehmen arbeitete, hat es mir Spaß gemacht, Kolleginnen und Kollegen zu treffen, mit denen ich mich zum Teil angefreundet habe, ich habe gern mit den Kunden gescherzt, mein Gehalt konnte sich sehen lassen. Doch das, was wirklich zählt, habe ich nicht gefunden. Heute habe ich weniger Geld. Aber mein Rhythmus gefällt mir, ich bekomme das Leben und den Wechsel der Jahreszeiten mit. Morgen werden meine Kinder wiederum Kinder haben, und wenn ich sie in den Armen wiege, werde ich daran denken, dass ich vor gar nicht langer Zeit meine eigenen Kinder so gehalten habe.

Ich kann schreiben, aber die Zeit entgleitet mir trotzdem. Es ist mir nicht gelungen, die Stunden, Tage, Jahre anzuhalten, die sich pausenlos aneinanderreihen. Vorgestern war ich fünfzehn und dachte, mit dreißig sei man alt. Heute bin ich fast vierzig. Gestern gab ich Robin das Fläschchen, er konnte noch nicht sprechen, heute Morgen hat er mir seinen Traum erzählt, und nächstes Jahr wird er schon lesen lernen. Mein Vater war früher dunkelhaarig, jetzt ist er grau. Guy wird sich nie mehr um seinen Garten kümmern. Ich weiß nicht, ob ein Teil von ihm seine Rosen sehen kann, und was von seinem Leben auf Erden bleibt. Meine Großeltern gibt es nicht mehr. Meine Kinder fragen mich, ob ich noch jung oder schon alt bin. Ob ich eines Tages »tot sein« werde und ob ich vor ihnen sterbe. Es wäre ihnen lieber, ich würde auf sie warten.

Guy war allein, griesgrämig und traurig. Heute pflücken kleine Hände seine Beeren, zwischen den Bäumen erklingt Lachen, der Ball fliegt in den Nachbargarten, zwischen den Rosen werden kleine Kätzchen geboren.

Wenn ich meine Kinder an mich drücke, dann streichle ich gleichzeitig auch das kleine Mädchen, das noch in mir lebt, das sich in seine Bücher flüchtete und das vor allem nicht aussprechen durfte, dass es zu Hause manchmal Angst hatte.

Ich schreibe die letzten Zeilen meines Romans im Garten an dem schmiedeeisernen Tisch, der schon bei unserem Einzug hier gestanden hat. Der Trödler hat ihn damals als unverkäuflich bezeichnet. Jemand hatte mit einem schwarzen Filzstift LA PUCE an den Rand geschrieben. Das gefällt mir. *Puce* bedeutet »Floh« und könnte der Kosename für ein Kind sein.

Dieser Tisch ist wie eines der Schiffe, die man auf den Namen eines geliebten Menschen tauft. Zwei der Buchstaben verschwinden allmählich. Bald werden sie alle verschwunden sein.

ENDE

Es gibt wenige Bücher, die wir Leser am Ende mit einem wohligen Seufzer zuklappen, weil einfach ein gutes Gefühl zurückbleibt ... *Bäume reisen nachts* ist ein bezauberndes Buch für alle, die noch an Träume glauben.«
WDR

Seit Monaten verbringt die achtjährige Manon ihre Nachmittage allein, unter einer riesigen Birke im Garten, sie verschlingt ein Buch nach dem anderen und spricht mit Ameisen und Katzen, nur um an eines nicht denken zu müssen: das Verschwinden ihrer Mutter. Weder ihr Vater Pierre noch ihre Tante Sophie vermögen das stille Mädchen zu trösten. Doch Manons Einsamkeit erweicht das Herz des mürrischen Nachbarn Anatole. Sie beginnen, gemeinsam den *Kleinen Prinzen* zu lesen, und es erwächst eine außergewöhnliche Freundschaft. Als eines Tages überraschend Briefe der Mutter eintreffen, schmieden das Mädchen und der alte Mann einen kühnen Plan, der sie gemeinsam mit Pierre und Sophie auf eine abenteuerliche Reise quer durch Europa führt …

»Ein zartes Buch mit ganz viel Kraft, das eigene Herz bis zum Hals schlagen zu lassen.«
AIDA Magazin 1/2014

Aude Le Corff, Bäume reisen nachts. Roman. insel taschenbuch 4408. 203 Seiten.

NF 335/1/7.16

Eine Lebensreise von den palmengesäumten Stränden einer brasilianischen Insel bis in die Pariser Varietés der zwanziger Jahre …

Für die kleine Sión ist glücklich sein das Einfachste auf der Welt – das Mädchen ist auf Ilhabela zu Hause, einer paradiesischen Insel vor der Küste Brasiliens: Jeden Tag läuft sie durchs Dschungelgrün, jeden Tag hört sie die Melodie des Meeresrauschens, jeden Tag entdeckt sie neue, ungesehene Wunder. Doch 1915 reißt ein Schicksalsschlag ihre kleine Familie auseinander und verschlägt Sión mit ihrem Vater nach Paris. Unter der Obhut eines exzentrischen Hoteliers finden sie beide langsam in ein neues Leben. Aber als Sión in den Gassen von Montmartre der Kunst des Puppenspiels verfällt, ist ihr Glück sehr bald wieder in Gefahr …

Pep Bras, Das Mädchen, das nach den Sternen greift. Roman. Aus dem Spanischen von Svenja Becker. insel taschenbuch 4385. 300 Seiten

NF 261/1/7.15

»Dieser Roman ist so schnell verschlingbar wie die Materie, um die er sich dreht: Eiscreme.«
Brigitte

New York, 1913. In den dicht gedrängten Straßen der Lower East Side, wo Armut herrscht und der Hunger erfinderisch macht, gelingt es der kleinen Malka, dem Schicksal dank ihrer Raffinesse und einer gehörigen Portion Chuzpe immer wieder ein Schnippchen zu schlagen. Bis sie es schließlich bis ganz nach oben schafft – zur »Eiskönigin von Amerika«!

»Temporeich, humorvoll und reich an köstlichen Aromen … ein erstaunliches Werk – unterhaltsam und vielschichtig zugleich.«
Stuttgarter Nachrichten

Susan Jane Gilman, Die Königin der Orchard Street.
Roman. insel taschenbuch 4442. 552 Seiten.

NF 292/1/1.16